影燈籠

柳橋ものがたり5

森　真沙子

時代小説

二見時代小説文庫

目次

影燈籠《かげどうろう》——柳橋ものがたり5

第一話　星月夜《ほしづくよ》

一

「兄貴ィ、どうすんだよ……早く何とかしてくれよう」

懸命に櫓《ろ》を操《あやつ》りながら、若い船頭が震え声を上げた。

寒さと恐怖で身体も震えている。

兄貴と呼ばれた年上の男は、痛そうに左腕を抑えながら、じっと暗い川面《かわも》を見ていた。

今は止《や》んでいるとはいえ、朝からの雨で水量が増し、厚ぼったい波がうねるように押し寄せてくる。

「よし……萬年橋《まんねんばし》をくぐって、小名木川《おなぎがわ》から中川《なかがわ》に出るか」

「ダメだよう、兄貴、番所《ばんしょ》を通れねえよ」

小名木川の出口にある〝中川番所〟は、この八月にすでに廃止が決まっていた。だが交通の要衝《ようしょう》とあって、未だ閉鎖されずに続いている。

それどころか、最後の〝中川番〟となる役人は、前任より船検《あらた》めが厳しいと噂される。今まではナアナアだった夜の通行にも、厳しく目を光らせているという。

「なあ、そ、その辺で……、ほれ、そこらに放り込んだら？」

「ばか、こんな所で捨てちゃ、すぐ下の岸に上がっちまう」

「……だよな、もっと下《くだ》って海に流そうか」

だが兄貴は、答えない。

舟は絶え間なく上下し、流れに浮く落ち葉のように揺れる。

慶応《けいおう》三年（一八六七）十一月初め、深夜の大川《おおかわ》は冷えていた。


朝からの雨が、夕方から雪に変わった。

このところの世情不安から、客足も湿りがちな『篠屋《しのや》』だが、この日は二階から三《しゃ》味線《みせん》の音が艶《つや》やかに漏《も》れていた。

一階の奥座敷は日ごろあまり使われないが、ここにも客がいる。

ひさびさの満室に、内女中の綾《あや》までが駆り出されていた。

火鉢の炭火を継ぎ足しに、一階の奥座敷に入ってみると、薄暗い中で、炭火が真っ赤に熾《おこ》っているのが目に飛び込んだ。

「あらまあ、すみません、まだ灯りを入れてなくて……」

綾は炭桶《すみおけ》を置いて、慌てて行燈《あんどん》に火を入れる。

「いや、炭火の明かりで十分じゃ」

客人の真海《しんかい》和尚《おしょう》が、言った。

火鉢の上でグツグツ煮えたぎっているのは、豆腐鍋だ。

「それよりあんたも食わんか、煮え過ぎてはまずい」

和尚は、芝愛宕山《しばあたごやま》の麓にある禅寺の住持《じゅうじ》で、豆腐が大の好物だった。今日の木綿豆腐も、和尚が自ら作り、手みやげに持参したもの。

その木綿は固くて、厨房ではあまり人気はないが、和尚の指南《しなん》通りに湯豆腐を作ると、なるほど旨《うま》い。

〝厚手の昆布を敷いた鍋に、豆腐を切らずに入れよ。

煮えたら木杓子で削りながら、生醤油《きじょうゆ》で食べよ。

包丁で切ると、金《かな》けで豆腐の味が変わってしまう。

醤油に入れるのは、唐辛子《とうがらし》だけ。葱《ねぎ》や削《けず》り節《ぶし》が入ると舌が汚れる。最近、流行《はや》っておる肉食は、舌がケモノ臭くなり、自然の味が分からなくなる〟

と和尚の美食へのこだわりは、止《とど》まるところがない。

「つまり、削ぎ落とすことで、本来の味そのものを味わうのだ」

そんなお説を聞くのは、綾には楽しかった。湯豆腐は父の好物だったから、子どものころ鍋を囲んだ光景が思い出される。

「ま、理屈はともかく遠慮なく食え、これも功徳《くどく》だからの」

とそばで主人の富五郎《とみごろう》が、笑って勧めた。

和尚が高邁《こうまい》過ぎるのを、気遣ってのことだろう。

「はい、有難うございます」

言いつつも綾は炭火を足すと、立ち上がる。

今夜は、何かと気ぜわしい。二階では、団体さんが大部屋を占領しているし、その隣の部屋では二人の武士が呑んでいた。

廊下に乱れた足音がしたのは、部屋を出ようとした時だ。

障子を開けて、ひんやりとした廊下を覗くと、ドタドタと走って来るのは番頭の甚《じん》八《ぱち》である。

「だ、旦那様、ちょっと二階《うえ》に行ってくだせえ」

敷居の前で畏《かしこ》まった甚八は、興奮のあまり言葉も出ず、両手でチャンバラの仕草をしてみせる。

「なんだね、またお旗本の大立ち回りか」

「へえ、小鈴《こすず》ねえさんに絡んで、手がつけられんのです」

そういえば、と綾は初めて気がついた。先ほどまで流れていた三味線が、いつの間にか止んでいる。

「ええと、二階の客は……」

富五郎は呟《つぶや》いて盃を置き、立ち上がる。二階の客は、いつもと少し毛色が違っているのを思い出したのだ。

綾が、半刻（一時間）ほど前に二階座敷に入った時、十人以上の男たちが酒膳を前に、何やら熱心に話し込んでいた。

七つ（四時）から宴会は始まったのに、少しも酒は進んでいない。だが行燈に火を入れると、一人が急にそれに気づいた。

「おっと、酒のおあずけはしゃれにならん、呑もうぜ」

それが合図でやっと座はほどけ、賑やかになったのだ。

集まっていたのは、柳橋《やなぎばし》の火消し〝に組〟の組頭と、〝柳橋船頭仲間〟の主だった船頭衆である。

両者は日頃あまり仲が良くない。あまりどころか、相当悪い。だがこの困難な時期を乗り切るため、近づきの酒席を設ける運びになったとか。

十月半ばに〝大政奉還《たいせいほうかん》〟が報じられてから、柳橋の治安は悪くなっていた。最近は、両国《りょうごく》界隈の料亭が押込みに襲われた。

それが銃で武装した強盗団だったというから、震え上がった。

「先般の両国料亭の押込みは、薩摩《さつま》藩ぐるみの『御用盗』とみられる。江戸町人への挑発であるから、乗らぬよう注意せよ」

という内々のお触れが、町奉行から回って来た。

賊の背後で薩摩藩が動いているとは、かねてから噂されてきたこと。それなのに、自分らは反目《はんもく》し合っていていいのか。

そう考えたのが、火消しの組頭・榎本金太郎《えのもときんたろう》だった。脂《あぶら》の乗り切った三十四、五で、いかにも火消しらしい、いなせな男前である。

もちろん柳橋の治安と自警策については、これまで何度も番所に集まり、対策が講じられては来た。だが残念ながら、この町の火消しと船頭は、何につけ対立するようになっている。

どちらも真っ直ぐで、その忠誠心に甲乙はないが、どちらも喧嘩っ早く、考えるより先に手が出てしまう。

富五郎が説くには――。

もう十年以上も前、神田川《かんだがわ》沿いに火事があったが、いち早く駆けつけたのは船頭衆だった。船頭らは川から、井戸から、せっせと水を汲み上げて身を粉《こ》にして走り回った。

だが遅れて乗り込んだ火消しは、ここはわしらの縄張りだ、とばかり追い払ったという。そこで火事そっちのけの喧嘩となり、界隈《かいわい》に悪名が轟いた。両者の不仲は、そのころから続いていると。

それは不名誉なことと金太郎は反省して、船頭らに呼びかけた。

「柳橋を薩摩に荒らさせるな、わしらが護《まも》ろう」

至極《しごく》もっともな呼びかけと、船頭側も話し合いに応じた。

両者はすっかり意気投合し、寄合を開いて〝手打ちの盃を交わそう〟という運びになったわけである。

場所は篠屋。船頭側からは、年番《ねんばん》をつとめる船宿の船頭頭《がしら》が五人。その中に篠屋の磯次《いそじ》がいたし、世話掛かりとして番頭の甚八、さらに船頭の六平太《ろっぺいた》と竜太《りゅうた》が交代で控えていた。

金太郎は、この界隈に二十人以上いる組員から、様子のいい〝纏持ち《まといもち》〟を二人選りすぐり、三人揃いの印半纏《しるしばんてん》を纏って乗り込んで来た。

その他に、料亭側からも二、三人が顔を出した。


酒が入り、いい具合にほぐれた時に、芸妓《げいしゃ》の小鈴が到着。すぐに音曲《おんぎよく》が始まって座は盛り上がり、愉快な宴会に……なるはずだった。

ところがそんな山場で、いきなり廊下側の襖《ふすま》がガラリと開き、六尺豊かな大柄な侍が、ヌッと突っ立ったのである。

三十を少し過ぎたくらいで、家紋のない黒木綿の羽織《はおり》に、小倉の袴《はかま》をつけている。腰には階下で預かるはずの長刀をさし、歌舞伎《かぶき》役者のような男前だ。

一瞬、座はシンと静まった。

何でェ、てめえ……とは、さすがの火消しも言いかねた。相手は明らかに旗本である。

「お楽しみのところ、邪魔してすまん。いや、お手前らに用はない」

と侍は下手《したで》に言った。

「用があるのは、小鈴、お前だ。奥の座敷で飲んでおったが、唄を聞いてりゃ、小鈴じゃねえか。さっき、近くの茶屋に上がって小鈴を指名したが、断られちまった。このところお座敷は休んでると……。するてえと、ここはお座敷ではねえんだな。ならば、こっちへ呼んでも差し支えあるまい」

小鈴は座ったまま大きな目を瞠《みは》り、じっと見返した。まだ娘らしさが残る、二十歳ほどの愛らしい芸妓だった。

「まあ、おからかい遊ばしますな、瀬戸田《せとだ》様」

小鈴は気丈にも、すぐに言い返した。名を出したのは、この侍の素性を、周囲に知らせようと思ったのだろう。〝瀬戸田〟といえば、この辺では最近、鼻つまみの悪旗本で知られ始めている。

「御無礼がございましたら、どうかお許しくださいまし。でもお座敷の話は聞いておりませんよ、何かの間違いでございましょう」

「話は向こうで聞く、来い！」

「あ、いえ、それはご勘弁なすって。今日は、こちらに呼ばれて参ったのでございます」

若い小鈴には、男を言葉で圧するほどの技量はない。だが精一杯の愛想を振りまきながらも、言うことは言った。

「誰に言ってる！　この瀬戸田の頼みが聞けないか」

侍はずかずか入って来て、小鈴の手を取った。

「あっ、殿様、ち、ちっとお待ちくだせえまし」

とその手を払って縋《すが》り付いたのは、そばで息を詰めていた、番頭の甚八だった。

「小鈴ねえさんは、ヘエ、こちら様のご指名でして……」

「老いぼれは引っ込んでろ。亭主を呼べ」

言いざま、甚八の胸のあたりを思い切り蹴り上げた。呻《うめ》いて仰向けに倒れた甚八を尻目に、瀬戸田は小鈴の手を取ってグイと引っ張った。

「……やめてくださいまし！」

「もし、お侍様、ねえさんは嫌がってますぜ」

と背後から声を浴びせたのは、鳶《とび》の条吉《くめきち》という若衆だった。

消火の際は、真っ先に屋根に登って消し口を作り、組の名を記した纏いを立てる、勇敢で気の強い若者だ。

「それに芸妓を呼んだのは、あっしらでさ。どうしても連れて行きなさるンなら、花代を返エ《け》してもらいやしょう」

「何だと？」

振り返りざま、瀬戸田は目を剝いて刀に手をかけた。

「抜かすじゃねえか、火消し風情《ふぜい》が！」

「ヘッ、何でい、木《こ》っ端《ぱ》旗本が！　つべこべ言わずに表へ出やがれ」

条吉も真っ青な顔で、膳を蹴飛ばして立ち上がる。

これを見た甚八は血相を変え、階段を転がるように駆け降りて、主人の元へ走ったのだった。

二

富五郎が二階に上がってみると――。

瀬戸田はすでに、隣の座敷に戻って酒をあおっていた。だが抜刀した抜き身が畳に突き立って、その周囲に赤いものが点々と散っている。

富五郎は総毛立った。

よく見ると、それは寒椿《かんつばき》の花びらだったのだが。

後で聞いた話では、刀を振り上げた瀬戸田を、背後から金太郎が、その太い腕で羽《は》交《が》い締めにしたという。そこへ、瀬戸田の仲間が駆け寄ってきて、なだめすかして連れ戻したと。

瀬戸田は抜いた刀のやり場に困り、床の間の花瓶を倒して、花を串刺しにしたのだという。

「待ちやがれ、べらぼうめ！」

と追いかけようとする粂吉を、船頭らが取り抑えた。

「手前は篠屋の亭主、富五郎にございます」

富五郎は紋付の折り目も正しく、客前へにじり出た。

「只今、うちの番頭が何やら粗相《そそう》を仕出かしたそうで、お詫びに上がりました次第にございます」

「…………」

瀬戸田は不機嫌な顔でジロリと見、盃をあおって言った。

「わしは先ほど小鈴を呼んだら、臥《ふ》せっていると断られた。それがこの座敷におるのは、どういう訳だ」

「へえ、あの、お言葉でございますが、お武家様が、最初に小鈴を呼びなすったのは、憚《はばか》りながらこの篠屋じゃござんせんよ。おそらくその店で何か、手違いがありましたろう。ご不快をかけたお詫びの印に、一献《いっこん》差し上げたいところでござりますが、ここでは酒も不味《まず》かろうと……」

と懐《ふところ》から紙包みを出した。

「へえ、そんなわけでして、これはほんの心ばかりでございますが、お納め頂けたら有り難たく……ああ、ただ、その前にどうかこの物騒《ぶっそう》な物を、鞘《さや》にお納めくださりますれば有り難く存じます」

長々と淀みなく言って富五郎は一礼し、先程、女房のお簾《れん》が渡してよこした金一封の包みを、恐る恐る差し出した。

お簾はその時、こう囁いたのだ。

「お気をつけなさいな、あのお侍が、有名な瀬戸田様ですから」

瀬戸田？……とこの時、富五郎は思った。

悪旗本の悪名は耳に届いているが、最近、どこかで別の噂を聞いたような気がしたのだ。

「左様か。手違いとあらば、刀は戻してつかわそう」

と瀬戸田はあっさりと刀を鞘に納め、無造作に腰にさした。そして金の包みを懐中にねじ込んで、仲間と共に立ち去ったのである。

富五郎はそれから隣の座敷に顔を出し、客にこの騒動を詫び、一升の樽酒二本を振舞って、騒動は一段落したのだった。


だが船頭らは、火消しに対し機嫌を損ねていた。

「どうもお前さんら、火消しのくせに、やることたァ火付けだね」

と、最年長の船頭頭の西兵衛《にしべえ》が、嘲《あざけ》るように言った。

「ならあの場合、どうすりゃ良かったんで？」

と金太郎は苦笑しながらも、挑むように目を据える。

「相手はまともなお侍じゃねえ。金目当てのゴロツキだ。そんな輩《やから》とまともに喧嘩するなんざァ、どうにも威勢が良すぎらァね。鉄砲玉の前に裸で飛び出すようなもんだ」

「見て見ぬ振りをしろってか、そんなお説教、おいらァ虫唾《むしず》が走るわ」

先の条吉が、反感をむき出しにして言い放つ。

「手前《てめえ》は黙っとれ」

と金太郎はたしなめるも、

「ただ、このあっしもあんな具合の時は、とんといけねえ。磯さんはどう思うね？」

「うーん」

同年輩の磯次は、首を傾げて笑った。

「あんな奴らに盾つくのは愚の骨頂《こっちょう》だがな……、といって火消しと船頭が十人も雁《がん》首《くび》並べてるんだぜ。どのツラ下げて、姐さんを見殺しに出来るかい。世間のいい笑いもんだよ、ははは。どうせ最後は、富五郎だんながお出ましになるんだ。それを見越して、せいぜい一暴れするのがいいんじゃねえか」

ははは……と笑い声が起こって座は和らいだ。

「おねえさん、先ほどは有難うございました」

と小鈴は、皆を玄関前まで送り出した帰り際、帳場に戻るお簾に丁寧に挨拶した。

すでに雪は熄《や》んでいた。

あの後、手早く化粧を直し、髪や襟元を整えて座敷に戻った。

「皆様、ただ今はごめんなさいまし。とんだ余興をお見せして……」

とにこやかに三味線をとった。

さあ、呑みましょう、と何ごともなかったように自慢の喉を聞かせ、酌をし、気勢が挙がらない懇親会を、気丈に切り回したのである。

まだ六つ半（七時）だったが、富五郎は何か用を思い出したらしく、和尚を送りかたがたどこかへ出掛けてしまった。

「いえ、あんたも災難だったねえ。よりによって、相手があの瀬戸田だなんて。ちょっとお茶でも飲んでお行き……」

とお簾は珍しく芸妓を帳場に招じ入れ、厨房に顔を出した。

「綾さーん、お茶を頼んだよ」

綾は、手早くお茶の支度をして帳場に運んだ。だが襖を開けた時、一瞬たじろいだ。長火鉢を挟んで、あの小鈴が泣いていたのだ。

座敷で見せた気丈さはどこへやら、萎《しお》れた花のように肩を震わせ手拭いを顔に押し当てる姿は、どこか艶《なまめ》かしかった。

「……もう付き合いはないんだね」

とお簾は確かめるように言っている。お茶を出し終えた綾は、炭火をいじりつつその場にとどまった。

「はい。でも私が仮病でお座敷を断ったなんて、デタラメもいいとこ。たまたまこの近くで私を見かけ、後をつけてきて来たんですよ」

「いつなの、知り合ったのは？」

「もう、二年前でしょうか。私、あの方に助けて頂いたことがあって……」

蔵前《くらまえ》でのお座敷の帰り、駕籠《かご》の都合がつかず、三味線持ちの箱屋《はこや》を用心棒と頼み、歩きだした。そう遠くない距離である。

だが神社近くで、複数の暴漢に囲まれた。箱屋は手傷を負いつつも逃げ、近くの居酒屋に助けを求めた。真っ先に駆けつけたのが瀬戸田である。悪党どもを一人で蹴散らすほど、腕が立つ武士だった。

以来、瀬戸田は柳橋に通うようになり、十七の小鈴は夢中になった。眉が濃くて奥目の男前で、礼儀正しい旗本である。

二人は熱々の恋仲になったが、蜜月《みつげつ》は長くは続かない。時が経つにつれ、瀬戸田は花代や遊興費を払えなくなったのだ。

深川《ふかがわ》に住む二千石の旗本の三男だったから、金がない。

父親が病没し、長兄文衛門《ぶんえもん》が家を継いでからは、その小遣いも少なくなった。金を作ろうとして博打《ばくち》に深入りし、借金が重なって身動きが取れないらしい。

金の無心が重なると、小鈴も辛い。花代を貰ってこそ芸妓である。家には、病気の母親と元服前の弟もいた。

そんなこんなで一年足らずで二人の仲は破綻《はたん》した。

しばらくは没交渉だったが、一年そこそこで、瀬戸田はまた柳橋に姿を見せ始めた。いつも小鈴を呼んだ。だが瀬戸田に何があったものか、風貌はきつくなり、人が変わったようで勘定を払わない。

店は芸者組合に訴え出たため、お触れが出て、瀬戸田の名ではどの芸妓にも通用しなくなった。だが、その仲間の名で呼ばれれば、知らずに座敷に上がってしまう。

そんな事情を、涙ながらに小鈴は打ち明けた。

「ふーん、今日はうちも取りっぱぐれだけど。でもおかげで、火消しと船頭衆に顔を知られちまったんだ。いくらいけ図々しいお旗本でも、もう柳橋には来られないでしょ」

とお簾が慰めた。

涙目で小鈴は頷いたが、まだ何か気にしているふうだ。

先ほど瀬戸田が篠屋を出て行く時、聞こえよがしの大声で、こんな捨て台詞《ぜりふ》を吐いたのである。

「もうすぐ徳川は滅んで、江戸へ薩長《さっちょう》がなだれ込んでくる。そうなりゃ柳橋はどうなるか、篠屋もよく考えておけよ。ははは……」

三

「おお、こわ……」

小鈴が帰るや、女中のお波《なみ》が肩をすくめて言った。

「でも、小鈴ちゃんが惚れてるんだから」

女中頭のお孝《たか》が、洗い物の手も止めずに呟く。

「そうかしら？」

「あの妓《こ》、出ていく時、涙で化粧が剝げてたでしょ。好いた男でなけりゃ、女はあんなに涙を流さない。あんたには分からないでしょうけど」

「どーいう意味ですか？」

「本気で男に惚れたことがあるかって話」

「へっ、お孝さんに言われたくないね」

バシッと雑巾《ぞうきん》が飛んだ時、お波はすでに奥に逃げていて、いきなりアカンベをして襖の向こうに消えた。

そばにいた綾は、笑いながらお孝を見た。目が合うと、お孝も笑いながら、なお忌々《いまいま》しげに言う。

「……ッたくすれっからしだ、まるで女瀬戸田だよ。あれで二十一、二だなんて思えるかい」

「ははは、これはおっ母さんの負けだ」

とそばで聞いていた倅の千吉《せんきち》が、口を挟んだ。

「それでもあの瀬戸田も、ましなところがあってね。按摩《あんま》さんから金を借りて、踏み倒したら、三十人近い按摩に囲まれて袋叩きに遭った。ボコボコにされたけど、最後まで刀は抜かず逃げきったって」

「腐ってもタイってことかね」

と皆は笑った。

さまざまな話が飛び交って、この日は瀬戸田の件で持ちきりだった。


その夜更けのこと──。

ぐっすり眠っていた綾は、何かの物音で目が覚めた。

女中の身には、眠りが一番の慰安である。それを邪魔されたくないと、急いで眠りに戻ろうとしたが、厨房から忍びやかな足音や気配が伝わってきて、目が冴えた。

今日は雨で、舟はいつにも増して暇だった。

あのあとは家で呼び出しを待つ〝自宅待機〟となって、甚八以外は皆引き上げたはずだった。何だろう……？

半纏を羽織って起き上がり、そっと台所の襖を開けた。

誰かが上がり框に倒れ込んでいる。よく見ると、どうやら六平太で、土間に突っ立っているのは竜太だった。

「まあ、何かと思えば大トラね！」

呆れて綾は言った。二人とも袖のない蓑合羽《みのがっぱ》をつけているが、六平太は裸足である。

「そんなに酔って、よく間違えずに帰って来るもんだわ」

「あっ、起こしちゃって悪い！　呑んで帰ってきたら、腹が減っちゃってさ。粥《かゆ》を肴《さかな》にもう少し呑もうかと……」

竜太は早口でまくし立てた。

「大丈夫だから、綾さん、構わなくていいよ」

「私だって構いたくはないけど……」

と綾はやおら側《そば》の掛け行燈を手に取って、倒れ込んでいる六平太の上に翳《かざ》した。

「ん……。お酒より、何だか薬くさいねえ」

鼻を蠢《うごめ》かし、勘が働いてそばへにじり寄る。

「綾さん、構わないでくれ」

止めようとする竜太をはねのけ、有無を言わせず六平太の蓑の胴衣をずらす。さらに作業衣の肩をずらし、灯りを翳して覗き込んだ。左肩から脇にかけて、ぐるぐる包帯が巻かれていた。

「まっ、怪我してるじゃない！　この手当てぶりは、お医者だね。一体どうしたの、何があったの？」

包帯の下には油紙が巻かれているが、その下から赤黒い血がジクジク染み出ているようだ。

「いや、ただの喧嘩だよ、呑んでてさ……」

倒れて気を失ってるかに見えた六平太が、呻《うめ》くように言った。

「刀で斬られたの？」

「なに、掠っただけだ。兄貴は、火消しの連中に絡《から》まれたんだ」

と竜太が引き取って言った。

両国橋辺りの呑み屋に入ったら、連中がいた。夕方のことを根に持ってか、些細なことですぐ喧嘩になり、一人が斬りつけてきた……。

だが周囲が止め、近くの診療所に担ぎ込んでくれた。そこで応急手当てをしてもらい、帰って来たという。

「明朝、もう一度ちゃんと診てもらえば、心配ねえって。それより、綾さん、ちっと酒をたのむ……」

と竜太が手を合わせた。綾は探し回って燗冷《かんざ》ましを見つけ、茶碗に注ぐ。残り物の惣菜まで見つけて、二人に振る舞った。

そこへ物音を聞きつけて、当直の甚八が眠そうな顔を出す。前後して千吉も帰って来た。

薄暗いが暖かい厨房で、皆で呑みながら、竜太から事情を聞こうとした。その時、勝手口を叩く音がした。

甚八が立って行って戸を開けると、とたんに雨の匂いの混じった冷たい夜気が流れ込んでくる。続いて、数人の男がドヤドヤ踏み込んで来て、急に厨房は殺気立った。

「夜分すまねえな」

と入って来た先頭の男を見て、声を上げたのは千吉だ。

「あれれっ、誰かと思ったら、勇吉《ゆうきち》親分じゃ……」

勇吉親分は、顔見知りの花川戸《はなかわど》の岡っ引である。目つきがしつこく、身のこなしの敏捷そうな中年男だった。

「や、亥之吉《いのきち》親分とこの……。手間は取らせねえよ。ええと此処《ここ》に、今夜、花川戸に行った若い衆はおるけえ」

綾はなんとなくドキリとして、そっと六平太を見た。

今までは気息奄々《きそくえんえん》で死んだようだった六平太は、今はシャンとして、がっしりした体を起こし、何ごともなさそうに酒を呑んでいる。

するとと岡っ引の後ろについて来た男が、六平太を指差して叫んだ。

「あっ、親分、この兄さんでさ！」

男は地元の居酒屋の番頭で、客の顔を特定するため同行したのだ。

「なるほど」

勇吉は一瞬で六平太の身なりを上から下まで見て、言った。

「おめえさん、ここの船頭だな。名前は何ていう？」

「へえ六平太ですが、どういうこって？」

六平太は驚いたように、立ち上がって言い返した。

「聞きてえことがある。悪いがちょいと番所まで来てくんな」

「え、この夜中に？　突然また、どういうお調べで？　あっしは何もしてませんぜ」

「行けば分かる」

「親分、この時間だ。おいらに免じて、ここで済ましてもらえねえすか」

そばから千吉が加勢した。

「うむ、ま、それでもいいが、ならばちゃんと答えてもらおう。六平太よ、旦那をどうした」

勇吉は上がり框に腰を下ろし、突っ立っている六平太を睨み上げた。

「旦那って、誰のことで？」

「しらばっくれるな。今日、花川戸の『花』から、誘い出した旦那だよ」

「え、花川戸には行ったけど、誰も誘い出しちゃいませんよ」

六平太が言うには——。

この日は雨で暇だったが、夕方には火消しとの寄合があり、世話掛かりとして顔を出した。それは六つ半（七時）には終わり、それからは自宅待機だった。しかし客は来そうもなく、野暮用《やぼよう》を思い出して、浅草に出かけたのだ。

その帰りに花川戸に寄り、魚が旨いと評判の居酒屋に入り、焼穴子《やきあなご》を肴に一杯呑んだ。店の名前は確かに『花』といったが、そこでは軽く呑んだだけで、すぐに店を出た——。

「その評判の店の、あっしが番頭でしてな。兄さんは、確かに五つ（八時）ごろ来なすったよ」

番頭がすかさず言った。

「旦那に近い所で飲んでいなすったでしょう」

〝旦那〟はここの常連客で、店の主人や用心棒とも親しいため、安心して一人で呑みに来るのだった。

この日も、いつもの奥まった席に座って呑んでいた。

普通、〝二本差し〟が一人で杯を傾けていると、周囲に誰も寄りつかないものだ。ところが遅れて入って来たこの六平太は、その近くの入れ込みに腰を下ろし、チラチラとことさらな視線を向けながら、呑み始めたのである。

旦那は黙って呑み続けたが、いささかの思案顔だった。そのうちさりげなく席を立ち、番頭にこう囁いた。

「あの若僧、どうもどこかで見た顔だ……。あるいは昔、ちょいと因縁があったかもしれん。これから店を出て、奴を誘い出す。念のため、そこの神社辺りまで誰かを回してくれ」

言い置いて、旦那は店を出て行った。戸が閉まるのを見て、その若者も立ち上がり、勘定を払って後を追って出たのである。

番頭はすぐに屈強な用心棒二人を、神社に行かせた。旦那はあの辺りで、若造に仕掛けようとしているのだろうと。

ところが、旦那は現れなかった。そればかりか、それきりどこにも、その所在が分からなくなったのだ。

何かあったのではと番頭は不安になり、息のかかった勇吉親分に訴えたのだった。

四

「その若衆が、篠屋の者だとはすぐに目星はついたさ」

言って、勇吉がやおら開いて振り回した傘には、『篠屋』の名が入っていた。

「あんたは、この蛇《じゃ》の目《め》を店に忘れてったろう」

「あ……」

六平太は低い声を上げて、頷いた。

「だから何だと？　行ってねえとは言っちゃいませんぜ。それはたしかにあっしの傘に間違いねえが、その旦那には関わっちゃいねえ」

「おめえ、そばに座って、眼《がん》つけたそうじゃねえか」

「今日、この篠屋に来なすった客だったからでさ。大の男が芸妓に絡んで、金をせしめた。その金でこの『花』に来たんだろうと、ちょっと気になっただけだ」

「はは〜ん、お前さん、その芸妓のイロか?」

「とんでもねえ、初めて見る妓だ。ま、それはともかく、あっしは帰ろうと思い『花』を出て、花川戸の船着場に向かった。たまたまそこに、客を送って来たうちの舟がいた。それがこの竜太でさ。一杯奢るから柳橋まで乗せてくれろてんで、竜太の舟に乗った。途中、両国橋で舟を止め、呑み屋で奢り、少し前に帰ったばかりでして……」

　うん、うんと竜太がそばで頷いている。

　そこへ、甚八が気をきかせて呼びに行った磯次が、半纏の襟をかき合わせながら、息を弾ませて駆けつけて来た。かいつまんで六平太から事情を聞くと太い眉を顰《ひそ》め、目を見開いて六平太を睨んだ。

「六、てめえ、どういうわけで浅草なんぞに行った。自宅待機ってのは休みじゃねえんだぞ」

「すまねえ、何だかクサクサして気晴らしに……」

「何が気晴らしだ！　その両国の呑み屋はどこだ、調べる」

「『一文字《いちもんじ》』でさ、ほれ、広小路《ひろこうじ》の」

「よし、嘘はねえな。明日にも確かめるぞ」

と念を押し、六平太が頷くのを見て、勇吉に向かった。

「親分さんよ、本人はこう言ってるし、今晩は勘弁してやってくれ」

「勘弁したいが、何分《なにぶん》にも旦那の行方が分からんのだ」

「旦那とは、つまり、あの瀬戸田様で？」

いわくありげに磯次が言うと、ああ、と勇吉は頷いた。

「しかし親分さん、旦那が帰らねえったって、騒ぐにはまだ早過ぎねえかね。せめて夜が明けるまで待っちゃァどうだ」

「むろんそうしてえところだが、『花』の名入りの傘が、少し離れた所に転がっておった。旦那がたぶん使っていなすったろう。何かあったにちげェねえんだ」

「あの旦那は恐ろしく用心深いお方でしてね」

と番頭が加勢した。

「滅多にお一人じゃ出歩かねえし、顔見知りの船頭以外は、舟にも乗りなさらんほどだ。あれこれ考え合わせると、どうも心配なんで」

「分からんでもねえが……」

と磯次は頷いていたが、やおら口調を変えて言った。

「だからといって、今、ここで言い合っても、二進《にっち》も三進《さっち》も行かん。お天道様《てんとさま》が上がってからにしなすっちゃどうだね。実地で見聞するなり、『一文字』に行って確かめるなり、やることはあるだろう」

「一晩明けちゃ、助かるものも助からんことがある」

勇吉はしつこい視線を磯次に注いだ。

「なるほど、ご尤《もっと》もで……。だがこの篠屋には、亥之吉親分肝いりの千吉がおる。滅多なことはさせねえから、安心してもらいてえ」

その言葉でようやく先方も矛《ほこ》を収め、引き上げたのである。


「話は明日だ、それまで少し寝るこった……」

と磯次が言い置いて帰ってしまうと、綾は待ち構えたように強く六平太に迫った。

「六さん、あんた、本当にこの怪我はどうしたの？」

だが六平太は、連中の姿が消えるや、また突っかい棒が外れたようにぐったり倒れ込み、顔をしかめて呟いた。

「綾さん、もう眠らせてくれ、おれは心配ねえって……。ただ、明日一日だけ、舟は休ませてもらいてえ」

何かあったに違いないが、結局、何も聞けずじまいだった。

寝床に戻ってから、綾は恐ろしい疑惑に苛《さいな》まれた。

六平太は〝寄場帰《よせばがえ》り〟だ。初めからそうとは知っていたが、今まで深く考えたこともなかった。

どんな過去があるか知らないが、誰にも親切で、一徹《いってつ》なまでの正義心の持ち主である。おかみや磯次の信頼もめでたい。ただの気まぐれで、悪事を働くような男ではないのだ。

だが今夜、思いがけない一面を見せられた思いだった。改めて考えてみると、ハッと胸を撞《つ》かれる。

以前、人足寄場にいた以上は、無宿人か前科者だったのは間違いない。六平太は二十六だが、二つ三つ年上に見えるのは、若い時分に苦労したからに違いない。

それにしても、あの瀬戸田となぜ、どこで絡んでいるのか。

本人は何の関係もないような口ぶりだが、あの小鈴の事件の時、座敷で食い入るように瀬戸田を見ていた六平太の姿は、今になってみればありありと目に浮かぶ。

六平太と小鈴とは恋仲だった？

……綾にはそれもピンと来ない。六平太のような船頭が、芸妓と結びつく場所も機会もないのだ。だがもしそうであれば、瀬戸田との因縁に納得が行く。

目を閉じていると、不吉な光景ばかり浮かんでくる。毎日、泥のような眠りに襲われ、朝まで深く眠り続ける綾にとって、久しぶりに眠れぬ夜になった。

翌日いつもの時間、千吉が眠そうな顔で朝飯に現れた。

綾は珍しく味噌汁を温めてやり、味噌のいい香りの漂う中で、それとなく昨日何があったかを訊ねてみた。だが、

「六さんのことは、よく分からん」

という答えが返ってきただけ。事件の全貌を摑むまで、本音を吐かないのだ。

だがさすが下っ引だけあって、六平太の〝前科〟には驚くほど詳しかった。綾が板の間を拭き始めると、上がり框に腰を下ろして、漬物をポリポリ嚙みながらこんな話をしてくれた——。

六平太の生家は、神田駿河台《かんだするがだい》にあった『駿河屋』という刀剣店だという。旗本がよく出入りする、先祖代々の老舗《しにせ》だった。

だが時代とともに刀剣は実用でなくなり、客も遠のいた。

六平太が生まれた時は家はすでに傾いており、窮乏は進んで、十二になったころ苦境の中で父親が病没したという。

店を継いだのは、二十歳になる兄の雄一郎《ゆういちろう》だ。研《と》ぎ師としての腕はよく、父親の期待がかかっていた。だが誰に唆《そそのか》されてか、そのうち高利貸しから借金し、慣れぬ米相場に手を出したのだ。当然ながら失敗して、三年経たずに店は潰れて、莫大な借金が残った。

金貸しは、子分を連れて押しかけて来た、金がなくば娘を差し出せと迫った。六平太は十七、妹は十三だった。

最後通告が来る前日、兄は六平太に、母と妹を託した。

一家はすでに神田川べりの廃屋に移っていたから、見張りの目を盗んで、深夜、逃《に》げるよう手配した。信頼する船宿に頼んで舟を密かに川岸に着けさせ、南房総《みなみぼうそう》の弟子《で》筋《し》の家へと逃したのである。

兄はその後、自害した。二十七だった。

母と妹を無事に届けた六平太はしばらくそこにいたが、母が亡くなってから出奔《しゅっぽん》し、浅草に流れた。

そこには無宿人が溢れており、日雇人足などで何とか生きられた。ただ恐ろしいのは、無宿人狩で捕まり、佐渡《さど》に送られることだ。

金山の坑道の水を掻き出す水替《みずかえ》人足として、真っ暗な地底に送り込まれ、休みない労働を強いられてほとんどが死ぬという。

何度かそれを逃がれるうち、一目《いちもく》置かれ〝房州無宿の六《ろく》〟と呼ばれたと。だが二十二の時、賭場《とば》の出入りに巻き込まれた。

捕まって伝馬牢《てんまろう》に入れられたが、殺傷までは及んでいなかったことで、石川島《いしかわじま》の人足寄場に送られたのである。

〝石川島〟とは、佃島《つくだじま》と石川島の境にある、無宿人収容所のこと。

寛政《かんせい》二年（一七九〇）、老中松平定信《まつだいらさだのぶ》が、火付盗賊改方《ひつけとうぞくあらためかた》・長谷川平蔵《はせがわへいぞう》の建言を容《い》れて作らせたものだった。

無宿人や島帰りをここに囲い、働かせながら、社会復帰に必要な職能を身につけさせる。それは今まで学ぶ機会がなかった若者には有難く、六平太はここで、船頭になるための技能を学んだのだった。

兄雄一郎が最後に頼った船宿とは、篠屋である。

深夜の神田川岸に密かに舟を着け、夜陰《やいん》に紛れて巧みに脱出させてくれたのは、十年前の若い磯次だった。

　肩幅の広いがっしりしたその姿、責任を持って房総まで送ってくれたその態度は、若い六平太の胸に深く刻まれた。

　晴れてここを出る時までに、一人前の船頭になっていよう、と肝《きも》に銘《めい》じた。真っ先に足を向け自分を託す先は、篠屋と決めていたからだ。

五

「……ふうん、そんな話、初めて聞いたねえ」

　朿の間の静けさを湛《たた》えた朝の厨房で、綾は六平太の激しい青春に肝を潰《つぶ》した。背はさほど高くないが、胸の厚い長方形に近い体格と、角ばって濃い顔立ちには、活力が詰まっているように思われた。

　お波は二階に上がってゴトゴトと掃除中、お孝は裏庭の井戸端で洗濯中。薪三郎《しんざぶろう》が厨房に出て来るのは、あと一刻（二時間）後だ。

「でも千さん、この話には瀬戸田は出て来ないねえ。六さんは、瀬戸田と、一体どう関係してたの？」

「うん、それなんだけど、おいらはこう考える」

とお茶を飲みながら、迷うように千吉は言った。

「瀬戸田大三郎《だいさぶろう》は旗本だし、腕の立つ剣客《けんかく》だ。若い時分から刀剣に興味を持ち、駿河屋に出入りしていたかもしんねえ」

「あ、なるほどね、それは考えられるわ」

と綾は、思い切って言った。

「ただ六さんは昨夜、肩に怪我をしてたのよ。刀傷だったけど、あれはどういうことなの？」

「そういえば六さん、すごく消耗して見えたな」

ギョッとしたように千吉は、周囲を見回した。

「そいつは知らなかった。しかしまさか怪我とはね。どうしたんだろう」

「『花』って店から瀬戸田を誘い出し、斬られたんじゃない？」

「誘い出して斬られたと？　あの六さんが、どうしてそんな……」

低い声で言った時、母親のお孝が入って来た。千吉はそれを見て、何気なさそうに立ち上がる。

「ともかくおいら、今日、火消しの金さんに会って来ようと思う。『一文字』のおかみにも、話を聞いてみるよ」

「邪魔するぜ」

という声がしたのは、篠屋では最も忙しい薄闇の漂うころだった。

勝手口を見ると、あの勇吉が若い下っ引を連れて入って来た。

「ああ、いらっしゃいまし」

綾が前掛けで手を拭きながら、歩み寄るのも待たず、

「六平太を呼んでもらいたい」

と勝手口に突っ立って、声高に言っている。

六平太は、両国の医療所から戻って、今は船頭部屋にいた。

先ほど帰って来た富五郎に挨拶し、しばらく帳場で何か話し込んでいたが、そのうち富五郎は外出し、六平太は船頭部屋に戻ったのだ。

どう答えていいか言い淀んだ時、背後に廊下を踏んでくる足音がした。振り返ると、六平太がぬっと立っている。

「こりゃァ親分さん、昨夜はどうも。また何か……？」

と挨拶するのを、勇吉は嫌な目つきで見返した。

「いや、てえしたことじゃねえ。ちょっと聞きてえんだがな、おめえさん、生国《しょうごく》はどこかね」

　といきなり浴びせ掛けた。

「生まれは房州でさ。それがどうしたんで？」

「いやさ、神田駿河台の生まれかとね」

「………」

　六平太は顔色も変えず、じっと勇吉を見ている。

「なに、世間の噂が、ちょいと気になってな。以前あの辺りに、刀剣で有名な駿河屋って店があったんだ。おめえさんは、そこの倅だなんて言う者がおって、人別帳《にんべつちょう》を調べさせてもらった」

　綾は動悸が激しくなった。

　誰がそんな古いことを知っているのだろう。

「駿河屋は八年前に潰れ、家族は散りじりになっちまった。生きてりゃ、おめえさんと同じくれえの倅がいるんだが、行方がわからん……」

「それはどうも。生憎《あいにく》あっしは、〝房州無宿の六〟と呼ばれた無宿人でさ」

「ふーん、そうかい」

勇吉はじろじろと六平太を眺め回した。着物の下の肩の傷に、まだ気がついていないらしいのが、綾には気が気ではない。

たぶんこの親分も、六平太と瀬戸田の接点を探しているのだろう。

六平太が駿河屋の倅で、瀬戸田がそこの常連客であったなら、二人の関係はもっとはっきりするのだ。

「あっしは篠屋に拾われて、無宿者から江戸者になったんだ。今更ゴタゴタは、勘弁してくだせえよ」

「そうはいかねえ、人が一人消えたんだ」

「よく探しなすってくだせえ」

険悪な空気がたちこめたが、そこへふらりと入って来た者がいる。火消しの頭《かしら》、金太郎だった。

入り口に立っている男たちを見るや、

「や、親分さん、先ほどは……」

と頭を下げた。どうやら勇吉親分はここへ来る前、番所に顔を出して、昨夜の話の裏を取って来たらしい。

ということは、六平太の言ったことに、嘘はなかったのだろう。

「うちの若いもんが威勢良すぎるんでね、この通り、お詫びの行脚《あんぎゃ》ですわ」

と金太郎は苦笑して言い、六平太に向き直って、手に下げて来た銘酒の菰樽《こもだる》を差し出した。

「昨晩はうちの粂吉が悪かった、若けェんで勘弁してくんな。これは差し入れだ、お詫びのしるしと言っちゃなんだが、納めてくれ」

その時、綾さーん、手伝っておくれ、の声が奥から飛んで来た。

綾は我に返り、慌てて奥へ引っ込んだ。それからはお孝にお運びを頼まれ、てんこ舞いの忙しさである。

一段落して戻ってみると、すでに勇吉親分は帰って、姿はない。

そこに残っていたのは火消しの金太郎と六平太、それに板前の新三郎が加わって何かヒソヒソ話し込んでいる。

だが綾の姿を見ると、さりげなく解散して、

「じゃ又……」

とそれぞれ散っていった。

三升の菰樽が、上がり框の隅にポツンと置かれていた。

(何だろう、何だか変……)

綾はじっと樽を見つめて思う。あの金太郎がなぜ、わざわざ親分の眼の前で、こういうものを置いて言ったのだろう。

六

「……いらっしゃい。やあ、篠屋の綾さんか」

矢之倉《やのくら》の口入屋《くちいれや》『内田《うちだ》』の暖簾をくぐると、内田のいつもの愛想のいい声に出迎えられた。

「お久しぶりです、そのお声を聞くのは何か月ぶりかしら」

言いながら土間を進む間に、内田は奥まった帳場囲いから這い出て、上がり框の火鉢の火を、手早く熾《おこ》しにかかる。

「こっちは相変わらずだが、あんた、またどうしなすった。まさか……」

とお茶の準備にかかりながら、上目使いに言った。

「あ、いえ、お店の方は大丈夫ですよう、しばらく辞められません。たまたまにそこの薬研堀《やげんぼり》まで来たんで……」

「へえ、ついでにね。つまり、うちの儲け話じゃねえってわけで」

色白の顔をテカテカ光らせ、相変わらずの冗談が飛び出した。

「ごめんなさい。いえ、今日は実は、ちょっとお訊きしたいことがあって」

「ほう、あたしゃ無学だから、お役に立てますかね」

だが内田は、近隣には聞こえた情報通である。


このところ綾は、篠屋の空気がいつもと違うのに悩んでいる。

六平太が絡んでいるらしい〝瀬戸田失踪事件〟があってから、篠屋にはどこか、いつもと違う空気が流れだしたのだ。

気のせいなどではないと思う。

そもそも、勇吉親分や金太郎が来た時、「どうしたの」という、お簾のいつもの好奇心に満ちた声がない。綾の知らない、何かの了解が裏にありそうだ。

菰樽が差し入れられれば、すぐ船頭部屋の神棚の下に運ばれ、いつの間にか呑ん兵衛揃いの船頭たちに呑まれてしまう。

だが昨日、金太郎が持って来たものは、まだあの場に置かれている。

この空気の始まりは、やっぱりあの瀬戸田だろう。

二階で小鈴に嫌がらせした日、瀬戸田は姿を消してしまった。六平太がその後を追ったらしいのは確かで、事件に絡んでいるのも間違いないのだ。

だが六平太は頑《かたくな》に口を噤《つぐ》んでいる。昨日の夜からは、熱を出して寝込んでしまった。医者の話では、傷が化膿したという。

六平太の足跡については、千吉が調べてくれているが、どうにも心許《こころもと》ない。そこで思いついたのが、情報屋の内田だった。

実は……と綾は、さる旗本が最近行方不明になった話をした。

「そのお方は、瀬戸田様といって……」

と言いかけると、内田は茶を出す手を止めて遮《さえぎ》った。

「瀬戸田って、まさか綾さん、あの、江戸で三指に入る悪旗本のことじゃないんでしょ？」

「あ、そのお方、ご存知ですか？」

「いやいや、面識なんてないですよ。あってたまるか……です、ただ最近よく噂を聞くんでね。しかしあのお方が、行方不明とは何だろう。腕は立つし、家柄もいい。そろそろ強請《ゆす》りたかりはやめて、幕府陸軍にでも入ったんじゃねえのかねえ」

と茶を勧めながら言う。

「でも、旗本の実家は、勘当されたんじゃないですか？」

「いや、それはない。表向きは勘当しても、裏じゃ、闇金作りに利用してるかもしれない。旗本も苦しいからねえ」

「ただ『花』の番頭さんの話では、突然の行方不明ですよ」

綾は、話が込み入るから、六平太の絡みは伏せている。

「ふむ。花川戸で呑んでおって、その後、行方が分からなくなった……」

内田は少し考えていたが、思いついたように顔を上げた。

「あんた、『花』の店主を知ってますか？　名前は南雲貞九郎《なぐもさだくろう》といって、本業は金貸しですわ」

「金貸し？」

「そう、瀬戸田の金づるは、この南雲なんですよ。南雲は瀬戸田を金で飼い馴らし、その〝旗本〟の肩書きを使ってさんざんえげつない商売をしてきた。それでどれだけ金を溜め込んだか……」

『花』の主人が金貸しで、瀬戸田の金づるとは。綾は胸の中で鸚鵡《おうむ》のように繰り返した。欲しい情報はこれだと思った。

「二人の付き合いは、いつごろからですか」

「うーん、そこまでは、よく知らんけど、瀬戸田の歳《とし》からして十年そこそこでしょう。

あ……お茶が冷めないうちに」

「ああ、ご馳走様です」

と綾は一口啜った。

「そうそう、こんな話を聞いたことがありますよ。以前駿河台に、古い刀剣屋があってね」

傾きかけたこの店に取り入り、最後まで売らずにいた由緒ある名刀類を、幕府出入りの骨董商に高く売るからと保証して、持ち出した旗本がいたという。

「その売り上げは店に入らず、名刀も戻らずで、店は倒産し、主人は自害しちまった。その背後に南雲がいたと、もっぱら噂でしたねえ」

「…………」

綾は胸を衝《つ》かれる思いがした。

窮乏した駿河屋に取り入った高利貸しとは、やっぱりこの南雲だった。瀬戸田もそれに一枚噛んで、一家を破滅に追い込んだ。

六平太には、瀬戸田を怨む大きな理由があったのだ。

だが六平太が、瀬戸田を仇《かたき》と付け狙っていたかどうか。綾にはとてもそうは思えない。少なくとも仇が、こんな身近に出没していたとは、夢にも思わなかったのではないか。

その仇に、思いがけずあの寄合で出会ってしまい、往年の〝房州無宿の六〟に戻ってしまったとか？


「何か参考になったですかね……？」

急に黙り込んだ綾に、内田は、禿げ上がった頭をひと撫でして言った。

「ああ、おかげさまで、すごく参考になりました」

と綾は口ごもって、冷めたお茶を一気に呑み干した。

「そりゃァ良かった。しかしあの瀬戸田が行方不明とは、やっぱり気になりますねえ。南雲と衝突でもして、金を持ってトンズラしたか、あるいは消されたか」

「…………」

「いえね、綾さんはご存知かどうか、最近の柳橋には、潰れた料亭や、倒産寸前の店が何軒かあるんですよ。南雲はそこを買い取ろうと狙ってるんだ」

「まあ、居酒屋でもやるつもり？」

「いや、妓楼です」

「妓楼って、遊女屋のことでしょう」

「そう、白クビを店に置いて、女郎屋にするってんですわ。柳橋に女郎がいないのはおかしい、という考えの持ち主だからね」

　柳橋でそんなことが出来るだろうか。

「でも、お上《かみ》が許さないでしょう」

「今まではね。しかし今のお上は、南雲のような者を、取り締まれませんよ。いずれ薩長が江戸に入り込んでくると、流行《はや》るのはまず女郎屋でしょう。南雲はなかなか先見の明があるんです……」

　内田は茶を啜りながら、自分の言葉に頷いた。

「あたしゃ口入屋を二十年やってきた。ずいぶん芸妓をお世話してきましたがね、女郎の斡旋はお断りですよ」


　提灯が軒先を色づかせ始めた夕方の町を、綾は小走りで急いだ。

　暮れなずむ中天《ちゆうてん》に一番星がまたたき、身を切るような冷たい風が、川の方から上がってくる。

　だが寒いとは感じなかった。大変なことが起こっている……という疑念が頭の中に渦巻いていた。六平太が何かやらかしたらしい。それを、一刻も早く千吉にぶつけてみたかった。

駆け込むようにして戻った厨房には、料理の匂いが満ちていた。もうもうと立つ湯気の中で、薪三郎が忙しげに立ち働いている。

「あ、綾さん、お帰り」

笊を洗っていたお孝が、待っていたように綾を見つけ言った。

「さっきうちの千が寄ってね、急に出張になったんだって……」

「えっ、どこに？」

「いえね、亥之吉親分のお供で、八王子《はちおうじ》の方まで行くんだって。二、三日帰れないから、よろしくってさ」

目の前が暗くなった。たまに遠出の御用があるのは知っているが、なぜこんな時に？　話したいことが山積みだったから、足元が崩れるような気がした。

「何か伝言はないですか？」

「そうそう、何か言ってたね」

お孝は前掛けで濡れた手を拭き、目で合図する。綾は手早く襷をかけながら、お孝の後について行く。お孝は板の間に上がって振り返り、小声で囁いた。

「……調べてみたら、六さんの言う通りだったって」

あの晩はたしかに、粂吉に言い掛かりをつけられ、喧嘩になって、肩を斬られたのが分かった。それで医者の手当てを受けて、遅くに帰宅したのだと。

「だから、心配しないでもいいって言ってたけど、何か……？」

お孝は物問いたげに目を見開き、覗き込むように綾を見た。

「いいえ、千さんが言うんなら、そうでしょう。心配なんかしてません」

自分の仕事に戻ってから、綾は考え込んだ。

七

真っ暗な湿っぽい路地を入り、玄関の表戸を提灯で照らしながら、奥へ進む。

四軒めの戸に手をかけて引くと、ガタピシしながらもすぐに開いた。

「六さん？」

恐る恐る踏み込むと、饐《す》えたような病人の匂いを浄《きよ》めるように、ぷんと薬草の匂いがした。怪我に塗られた薬の匂いだろう。

この家は、土間と台所がつながっていて、土間の上がり框を一段上がると四畳半になる。奥に半畳ほどの押入れがあって、それで総《すべ》てだ。

部屋の入り口に置かれた手燭が、薄ぼんやりと辺りを明るませて、布団に六平太が横たわっているのがおぼろに見える。

「私だけど、加減はどう……？」

「……わざわざ来んでもいいのに」

薄暗い中から、不機嫌そうな、くぐもった声が聞こえた。

「ううん、おかみさんから言付《ことづ》かって来たの。明日から店に出ると言ってるけど、今は暇だからあと二、三日は休んでいいって」

言いながら綾は上がり框に腰掛けた。

この家には火の気が全くなく、冷え冷えしていたが、それを予想して温石《おんじゃく》を懐に入れてきたのだ。

「それと、お孝さんが夜食にお握りを作ってくれたけど、食べる？」

「そこに置いといて。もう熱は下がったし、心配いらない。夜中の独り歩きは危険だから、帰ってくれていいよ」

「いいえ、大丈夫。竜さんが後で来てくれることになってるの。お邪魔かもしれないけど、ちょっと訊いていい？」

「…………」

六平太は、沈黙している。

風が出て来たらしく、ガタガタとこの古い長屋を揺すったが、近隣は静かだった。

両隣は、篠屋の竜太と弥助《やすけ》だから、今はまだ帰っていない。だが綾は、出来るだけ声を低めて言う。

「あんたとあのお侍は、顔見知りなんでしょ？」

「……何を聞きてえんで？　おれ、あちこち痛《いて》えんで……悪いけど今夜は帰ってほしいんだ。もう何も喋りたくねえんだ」

それを聞いて、綾はカッとなった。これだけ心配してるのに、やはり何も言ってくれないのだ。

「私、ただのお節介だったら謝るけどね。私たち、二六時中顔を合わせる〝篠屋一家〟でしょ。ちゃんとした説明を聞いて、安心したいだけなの。あんたはもう〝篠屋の六〟であって、〝房州無宿の六〟じゃないんだからね」

いきなり〝房州無宿の六〟と聞いて、驚いたらしい。

「ああ、その通り……」

六平太は投げ出すように言った。

「だけど治ったら、〝房州無宿の六〟に戻るつもりだ。おれはやりたいようにやる。

誰にも指図はされたくねえや」

「へえ、そうなんだ……。なら、そうすれば」

綾は唇を歪めて、笑った。

「いずれ佐渡や八丈島《はちじょうじま》に送られて、一生を棒に振るでしょう。でもやりたいようにやったんだから、悔いはないはずね。ま、私に言わせれば大馬鹿だけど、好きにすればいい」

言って、勢いよく立ち上がる。

おにぎりの包みをそこに置いて、表戸まで歩く。

「待ってくれよ、綾さん。ごめん、怒らすつもりはなかった。もう少し居ていいよ。だけどさ、言いたくねえこともある」

「……なぜ？　恐ろしいことをしたから？」

「…………」

夜気が震えた。

「皆んなが、私に隠して言わないのは、あのお侍を殺《あや》めたからでしょう？」

座り直した綾は、蓬《よもぎ》のよう薬草の匂いを強く鼻先に感じた。

子供のころ、この匂いが家の中に満ちていたのだ。

父は漢方《かんぽう》にも通じていたから、いつも室内に野草を干したり、煎じたりする匂いが漂っていた。これは父様の匂い……。この匂いを嗅ぐといつも何かしら励まされたものだ。

その匂いを吸って、綾は冷静さを取り戻した。

「実は私、あんたの罹《かか》ったお医者に会って、怪我のことを聞いてみたのよ。火消しの条吉さんは、刀を持たないでしょ、だから匕首《あいくち》かなと思ってね」

だが医者は、切れ味のいい日本刀の切っ先が、斜めに浅く鋭く掠《かす》った傷――と言った。相手は剣の遣い手で、もう少し寄っていたら、首は飛んでいただろうと。

匕首は刃渡りが短いし、近くで振り下ろしたとしても、このような傷にはなりにくいと。

「やっぱりこれは瀬戸田しかいない。六さんはやっぱり嘘を言っている。瀬戸田に斬られ、六さんは斬り返した。それを知った皆は、口裏合わせて庇《かば》ってる、そうじゃない？」

妙な静けさが襲って来た。

「……寒いな」

唐突に六平太は呟き、やおら半身を起こした。

慌てて綾が止めると、そこの竈《かまど》に熾《おき》が埋まってるから、火を熾して湯を沸かしてほしいと言う。

言われた通りにするのをじっと見守って、六平太は安心したようにまた体を横たえた。

「……綾さんの言う通りだ。おれは篠屋から、奴をつけて行ったんだ。むろん殺すためにね」

六平太はボソボソと語り始めた。

富五郎が瀬戸田に対面し、平身低頭している時、六平太は階下に降りた。誰か下で奴をお見送りしろ、という磯次の声を聞いて、ある考えが閃《ひらめ》いたのである。

船頭部屋で手早く身の回りを整え、階段に連中のドドドッという勢いのいい足音を聞くや、土間に飛び出して履物を揃え、玄関戸を開け放った。冷たい夜気が流れ込んできた。

雪駄《せった》を先に履いた瀬戸田が、外を見て呟いた。

「チッ、みぞれだ。駕籠にするか」

それを耳にして、とっさに六平太が答えた。

「へい、もし舟でよければ、そこの船着場に、暖ったかい屋根船が着いてまっさ」

暖ったかいと言う時、手炙《てあぶ》りに手をかざす仕草をした。

「すぐ出せるか」

「へえ、手前は船頭なんで、すぐにも出しますよ」

ということで、難なく花川戸まで送ることになったのだ。

「瀬戸田が船を下りると、おれは後をつけた。やつは連れと別れて近くの『花』に入った。一杯やってる席の上がり框におれは陣取り、顔を晒した。客も沢山《たくさん》いたが、おれは構わないと思った。ここでやつの悪行をぶちまけて、刺し違えてやろうとね。ところが騒ぎを避けたんだろう、おれを誘い出すため、店を出て行った」

すぐ後を追った。

みぞれがそぼ降っており、瀬戸田は傘をさして歩いて行く。真っ直ぐ進むと神社だが、行く手にたまたま騒動が始まっていた。酔っ払いどもの、くだ巻き半分の喧嘩である。

瀬戸田はそれを避け、途中で横丁に折れた。六平太は間を置いて路地に入ったが、数歩進んでヒエッと飛び退いた。

辺りは闇に塗り込まれていたが、入り口の呑み屋の提灯の灯りがわずかに届き、目前にヌッと突き出たのが刀だと分かる。

続いて傘をさし脇差《わきざし》を構えた瀬戸田が、物陰から姿を表した。

「てめえ、船頭だな。なんでわしの後をつける？」

「おれの面《つら》が分からねえと？」

そこで腹を決めた。

「兄雄一郎と瓜二つと言われたこのおれが、死んだ兄と同い年になったんだぜ。忘れちまったとは、シケた野郎だなあ」

瀬戸田の目は一瞬、ぎらっと夜目にも光った。

まっすぐ進め、と顎で合図し背後に回る。

六平太は、首筋に突きつられけていた脇差を、背中に移そうとする気配を感じ、とっさに腰を屈《かが》めて体当たりした。瀬戸田の脇差は右手から落ち、ぐらついて左手にあった傘も取り落とした。

六平太はその傘をわし摑みにし、それで応戦しながら、路地奥へと逃げ込んで行く。

路地は、塀と、廃材置き場らしい囲い地に挟まれて真っ暗。だが出口を抜けると、大川に通じる運河に出るはずだった。

船はそこに留めてある。

懐には短銃があった。

篠屋を出る直前、自分の衣類を収める棚の奥から、短銃を取り出して腹巻きにねじ込んで来た。最近、深川まで運んだ客に舟を奪われそうになったことがあり、護身用に買って間もない短銃だった。

出口まで辿り着くと傘を右側に放り投げ、我が身は左側の地蔵堂らしい小ぶりの小屋の陰に滑り込む。追いかけて来た瀬戸田は、傘の音につられて右側に曲がった。

「止まれ！」

瀬戸田の背中に銃を突きつけて、六平太は叫んだ。

「刀を捨てろ！」

だが瀬戸田は何か叫んで腰から長刀を抜き、振り向きざま、斬りかかって来た。豪腕だった。六平太は敏捷に飛び退いたが、焼き鏝《ごて》でも当てられたような熱を肩に感じたのである。

その感触と、引き金を引くのは、ほぼ同時だった。

衝撃を受けてよろけた六平太の目に、暗闇をぼんやり照らすどこかの寺の門灯が見えた。

八

パーンという音を、竜太は船の中にうずくまって聞いた。

先ほど、兄貴と慕う六平太が、短銃を腹巻にねじ込んで、恐ろしい形相で玄関に出て行くのを見たのである。

兄貴は〝殺《や》る気〟だ、と察した。

じっとしていられず、誰にも断らずに猪牙舟《ちょきぶね》に飛び乗って追いかけた。だが六平太の櫓さばきは達者で、馬力がある。細身の竜太にはなかなか追いつけない。

それでも懸命に船影を追って、花川戸の船着場に着いた時は、その近くに屋根船が舫《もや》っており、船頭の姿は見えなかった。

辺りを探したが、みぞれ模様でひどく寒い。竜太は猪牙舟を繋ぎ、屋根のある船に乗り移って、待った。

パーンという音を聞いて、飛び上がるように跳ね起きて、船灯を手燭がわりに、運河沿いの暗い道を音のした方へ駆けだした。

「兄貴ィ……」

という竜太の声に、六平太は我に返った。

弾が足に当たった瀬戸田は、飛び上がるようにして、濡れた路上に叩きつけられたのである。激痛のため、恐ろしい声で唸り、立ち上がろうとした。だが六平太も肩に一太刀浴び、相打ちだった。

それが痛いやら、相手がまだ生きているのが恐いやら。

転がり、痙攣《けいれん》し、起き上がろうともがく瀬戸田を、恐怖にかられて夢中で蹴り、殴って、ようやくぐったりさせた。

呆然と突っ立っているところへ、闇の中から竜太が現れたのだ。

「ウッ……ど、どうすんだよ、兄貴……」

明かりの中に浮かび上がった修羅場に、竜太は狼狽《うろた》え、大きく後じさりした。それを見て、六平太は腹を決めた。

「川に捨てる」

「す、捨てる？　……まだ生きてるぜ」

「どうせ助からねえ。早くラクにさせてやるから、手伝え」

二人で、瀕死の怪我人を近くの河岸まで引きずった。竜太に漕がせて屋根船をそこへ着け、二人で引き上げたのである。

瀬戸田が手にしていた愛刀も、抜け目なく拾ってきた。かなり値の張る名刀だと踏んだのだ。

「ただ……言っとくけど、おれは瀬戸田をつけ狙ってたわけじゃねえ。無宿人は、毎日食うのに精一杯で、仇討ちしてる暇はねえんだ」

六平太の顔は見えないが、目を開き天井を見ているのは分かる。

「房州無宿の六は、駿河屋のことはとうに諦めていたんだ。あんな男に丸め込まれた父も兄も、滅んで当たり前だよ」

竈の火で、やかんに湯が沸騰する音がしていた。

綾は立ち上がり、そばの茶碗に白湯《さゆ》を注いだ。

「……呑む?」

「いらねえ」

綾は茶碗を両手で囲んで元の場所に戻る。

「あの日、向こうから飛び込んで来たんだよ。おれは、篠屋二階のお座敷に座るのは初めてでさ。いいもんだと思った……」

と話は続く。

六平太は末席に控え、芸妓の三味線を生まれて初めてじかに聞いた。

ところが突然、その美しい場に、長身の武士が乗り込んで来たのである。

密かにぼんやりと好意を寄せていた小鈴を、その男はわし掴みにし引きずって行こうとする……。その様を見た時、不意に強い既視感にとらわれた。

これとそっくりの光景を見たことがあると。

引きずられるのは、小鈴ではなく、妹のお絹《きぬ》の姿だった。

恐怖で泣き喚くお絹を、男が連れ去ろうとする……目の前にいる男は、そんな思い出したくない悪夢を紡いだ、あの悪党に似ている。

ずっと胸の底に固まっていたものが、溶岩が溶けるように流れ出すのを感じた。忘れていたのではなかった、胸の底に抑えつけてきたのだ。

この男が自分の一家を滅ぼした男か？　十年経った今なお、こいつはこうして、世の中に悪をなし続けているのか？

小鈴が〝瀬戸田様〟と口にした時、目前の男とあの悪党が一致した。

「こいつは生かしちゃおけねえ、と思った。ただの私怨じゃねえ、世直しだ。この男と相討ちで死ぬかもしれないが、それがおれの仕事だ。そう思ったら、スッと肩の荷が下りたようだったね」

船は運河から大川に滑り出たが、怪我人の唸り声はやまない。

唸り声が止むと、もう死んだようでそれはそれで気持ちが悪く、不安になって足で突っついた。すると、

「何してる、早く投げ込め……」

と訴える声が、船の底《じごく》から聞こえてくるのだった。

「兄貴イ、頼むって、早く捨てちまいなよ」

と竜太が震え声でせっついた。

だが六平太は、暗くうねる川面を、じっと眺めているだけだ。

どこで投げ込もうとしても、それが流れに乗ってどの辺りに流れ着くか読めてしまう。いざその気になると、男の呻き声が聞こえてくる。

海まで無事に流れ出てくれればいいが、この近くの岸にでも流れ着こうものなら、すぐに顔が割れてしまうだろう。それが恐しかった。

おまけに肩の傷が、耐え難く痛んだ。

何とか竜太を叱り飛ばして止血させはしたが、激痛が襲ってきて、我が命も風前のともし火のように思えてくる。

早く捨てて、陸に上がり、手当してもらわなければ……。

「……で、どうしたの。捨てたわけ？」

また黙り込んだ六平太に、思わず綾が催促した。

「実はおれ、待っている言葉があった。やつが一言でも命乞いしたら、すぐ川に投げ込んでやろうとね。うん、一言でも助けてくれと言ったら許さねえと」

我と我が言葉に頷き、言葉を継いだ。

「ところがあいつ、しぶといやつだった。投げ込んでくれと何度も言ったが、助けてくれとは一言も言わんのさ。腐りきってはいても、こいつは侍《さむれ》ェだと思った」

じっと川面を睨んでいた六平太は、不意に顔を上げて、竜太に呼びかけたのである。

「竜太……磯さんが今どこにいるか分かるか？」

「磯さん？」

なぜかホッとしたように竜太は答えた。

「まだ家には帰ってねえだろう。兄貴、船を戻すのは賛成だぜ。やっぱ、親方に相談した方がいいよ」

「うん……」

六平太は空気を呑み込むように頷き、船底に倒れている瀬戸田に目をやった。ずっと唸り続けていたが、その唸りも低くなり、もう死んだのかもしれなかった。

だがもう磯次を探して、相談する時間はなさそうだ。

「竜太、両国橋西の船着場に着けろ。そこから、すぐ裏の『一文字』に一《ひと》っ走りしてくれ」

「合点《がってん》だ、誰を呼ぶ？」

『一文字』は〃に組〃のシマで、火消し連中がよくたむろしている呑み屋である。おかみが美人で姐御肌だったし、場所が良かった。

篠屋の船頭は、上がりの仕事の帰りにはここで一杯呑むことがあり、大抵は馴染みである。

「うん、誰でもいいから、呼んで来い。死にかけてる怪我人が一人いるとな。但し、他の連中には隠せよ」

「分かった」

「急げ」

呼吸が苦しく、声が掠れた。だが、急げば瀬戸田は助かるかも……の考えが六平太を急《せ》かしていた。

火消しの連中なら、飲み込みがよい。自分が瀬戸田を撃ったと打ち明けても、いきなり突き出すことはしないだろう。

「結局、『一文字』には運よく磯さんがいて、呑んでいた。昼間のことで、連中に呼び出されたらしい」

火消しの連中はすぐに駆けつけて、怪我人を、近くの蘭方医の元に送り込んだ。六平太も一緒に手当てを受けた。

銃弾を受けた膝の緊急の手術を施され、瀬戸田は高熱を発した。一時は危篤状態に陥ったが、体力があったのだろう。持ちこたえて峠を越し、今は熱も下がっていると——。

「ふう……」

聞き終えて綾は、吐息を漏らした。

「助かったんだ！」

「そうだ、綾さん、瀬戸田はしぶといやつだ。あんな瀕死の状態から、生き返ったんだからな」

「ならば、どうして正直に無事を伝えないの？」

すかさず綾は言った。

「勇吉親分は、まだ血眼《ちまなこ》であちこち探し回ってるのよ。私も心配で、じっとしていられなかった」

「……伝えられねえ事情がある」

まさか瀬戸田は、命だけは助かったけど正気が戻らないとか……？

九

その時、玄関の戸が軋《きし》みながら開いた。

ハッとして振り向くと、入って来たのは竜太である。蓑笠をつけ、まだ船頭の身なりのままだ。

「ふうっ、雨は上がったけど、今夜はやけに冷えやがるなあ」

言って笠を取り、その下の手拭いも取ると、いつもの毛の薄い頭が光っている。次に蓑を脱ぐと、大事そうに胸に抱えていたのは貧乏徳利だ。すぐさま台所に入って、手早く茶碗に一杯注いだ。

「兄貴、冷やだけど、飲むかい？」

「いや、今はいい」

「綾さんは？」

「今は結構……」

「じゃあ、お先に貰うぜ」

竈のそばに立ったまま、一気に呑み干して、竜太は言った。

「悪いけど、外でちょっと盗み聞きさせてもらったんだよ。ここからは、わしが喋ってもいいかい？　今日、いろいろと聞いてきたんだ」

竜太は二杯めを口に運びながら、綾に目を向けた。

「綾さん、兄貴の言ったことに、一分一厘の嘘もねえよ。瀬戸田は生きてるさ。それは確かだ。あの状態から生き返ったんだから、奇跡だよ。するてえと周りから、瀬戸田を生かして帰すなって声が、誰からともなく上がったんだ」

「……皆で助けておきながら？」

「そう、死にかけてる時は必死で助けたけど、いざ助かってみると始末に困るやつだ。あいつと南雲が組んだら、柳橋は間違いなく女郎屋ばかりの色町になる」

それは目に見えていた。今の柳橋は疲弊《ひへい》し、手放す店が増えている。

だが幸か不幸か、瀬戸田の遭難は、今のところ誰にも知られていない。

また本人が逃げたくても、膝下を撃ち抜かれているため、誰かが迎えに来ないことには、独力で逃げ出すのは難しい。

(やつを帰すな)

(しっかり見張って、連絡手段を断て)

と火消し連中と船頭は、口々に申し合わせたのだ。

こうした皆の言い分に、金太郎と、磯次も、このまま様子を見ようということで一致したと。他の船頭仲間も話を伝え聞いて、概《おおむ》ねこれに賛同したという。

「世の中、よく分からねえことがあるもんさ。仲の悪かった船頭と、火消しが、これで手を組んだんだから」

話はさらに広がっていて、今や船宿や料亭の旦那衆までそれを認め、密かに援助しているのだという。瀬戸田は今のところ、ある料亭の寮(別荘)の一室に監禁され、治療を受けているらしい。

「…………」

綾は湯のみを両手で挟み、愕然としていた。

興奮と、竈の火のおかげで、顔が上気して火照《ほて》っている。

綾はつらつらと思った。もしかしたら千吉も、或いは亥之吉親分も、その秘密に加わったのかもしれないと。

「でも、いつまで続けられるの。いずれはどうする気？　今は生かさず殺さずでもいいけど、いずれ治った時はどうするつもり？」

「そこなんだよ、皆が困ってるのは……」

　と竜太は、上がり框の端に腰を下ろした。

「なあ、兄貴ィ、ほんとに結局どうする？　もう川はご免だよ」

「なに、そんなこたあてえしたことはねえ。まだ先は長ェし、傷が治りゃ、本人だって何か考えるだろうさ。……あいつ、妙なお侍ェなんだ」

　と六平太は考え込むように言った。

「熱出して三日三晩唸ってたけどね、峠を越して正気に戻ってみると、何だか人が変わったみてえだって。いっさい何も言わねえんだよ。ここから出せとか、誰それを呼べとか。あいつなら居丈高《いたけだか》に言いそうじゃねえか」

「じゃ、何も喋らないわけ？」

「いや、喋るには喋るけど……」

「それが、食い物のことばかりだってさ。飯が不味《まず》いの、味噌汁の味が薄いのってうるさくて仕方ねえそうだ」

と竜太が、一杯機嫌で割り込んだ。

「死に損《ぞこ》ねえのくせに、とんでもねえやつだよ。やっぱりあいつの先祖は、まっとうな旗本だろ。ガキのころは旨えもん食って、さぞ口が奢《おご》ってたんだな」

「……生き返ってみて、先祖帰りしたのかな」

「そこだよ、兄ィ、あれほど根性の腐ったやつは、たぶん舌まで腐ってる。ところがさ、三途《さんず》の川《かわ》を渡ろうとして、急に何か忘れ物したみてえな気になったんさ」

「………」

「この世にゃ、もっと旨えものがあったはずだとね。自分はそれを食ってねえ……てんで、食い意地で帰ってきちまった」

竜太のその言い方に、綾と六平太は笑いだした。

だがもしかしたら、死の体験をしてみれば、味の好みが変わっても、不思議はないのかもしれないと綾は思った。食べ物にうるさくなることもあり得るだろう、と。

先祖帰りか……と考えるうち、ふと思いついて言った。

「で、結局はあのお侍さん、何が食べたいわけなの？」

「だから旨えもんだよ」

と六平太はまだ笑いながら言った。

「ああ、そういやァ何か聞いたな、ええと、豆腐だっけ」

「豆腐？」

思わず綾は声を上げた。目の前が開けたような気がして、あはは……と思わず笑いが弾けた。あとの二人は、驚いて顔を見合わせた。

先ほどから何か思いつきそうで、思い出せなかったもの。それは真海和尚の、あの石みたいに固い豆腐だったのだ。真っ赤に炭が熾った火鉢で煮えたぎる湯豆腐が、まさに今、鮮やかに頭に浮かんでいた。

〝その物、本来の味を味わう、それが美食だ〟

そんな断固とした和尚の主張は、どこか先祖返りに通じはしないか。瀬戸田はもしかして、そんな〝美食〟に向かいかけているのでは。

「あのね、お節介のようだけど、私にちょっと考えがあるの」

綾はまだ笑いを浮かべて、言っていた。

「もしかして、私、瀬戸田を黙らせる、いい料理を教えてあげられるかもしれない。その料理人を、瀬戸田様に紹介してもいいかしら？」

ここそあの和尚の出番ではないか、と思えた。

和尚に瀬戸田を預けるのはどうだろう。だが自分ごときが頼むのではなく、ここは主人の富五郎から話を通してもらうことだ。富五郎は意図さえ分かれば、動いてくれる人に違いない。

この考えに綾は気が弾み、二人にまず打ち明けた。

「しかし、あいつにそこまでするのは、豆腐をドブに捨てるようなもんだ。おれは反対だ。あいつを、佐渡の金山にぶち込むのがいいと思ってる」

と六平太はいかにも不服そうに、言った。

「いえ、つまりね、瀬戸田を禅寺に預けるってことなの。そこでの修行は、金山みたいもんじゃないのかな」

「うーん、それはどうかな。しかし綾さんの頼みなら仕方ねえや。明日、親方に言うだけ言ってみるよ」

「ありがとう」

綾はニッコリして言った。酒も飲んでないのに頬が火照り、酔ったような心地だった。

「ああ、わたし、ちょっと外の空気を吸ってくる」

外に出ると、思わず襟元をかき合わせた。

身震いするほど夜気は肌に冷たく、五感が、新鮮で冷たい空気に洗われるようだ。

空を仰ぐと、いつの間にか星月夜《ほしづくよ》だった。

長屋の屋根に切り取られた長方形の漆黒の夜空に、星々が降るように輝いて、明るかった。

六平太はあのお侍を殺めてはいなかったのだ。一時は戻ってしまった〝房州無宿の六〟から、今はまた〝篠屋の六〟に帰って来たのだ。

あの瀬戸田も、和尚の〝汚れなき〟豆腐の味を知って、自らの汚れに気がつくかもしれない。もしかしたらの話だが……。

大丈夫、すべてうまくいく。

無窮《むきゅう》の星々はそんなことを思わせてくれる。

感謝のあまり、星を見ながら涙腺《るいせん》が緩んだのだろう。涙ぐんだつもりが、ハラハラと思いがけない大量の涙がこぼれた。

第二話　小名木川《おなぎがわ》

一

二の酉《とり》の夜の五つ半（九時）過ぎ――。

下っ引の千吉は、何かの気配でふと目を覚ました。

（ここはどこだ）

一瞬そう思った。よほど深く眠っていたらしい。

だがその時、鼻先に強い髪油の匂いを感じ、自分を起こしたものの正体に気がついた。女が自分の胸の中にいて、軽い寝息をたてている。

（そうだった、ここはどこぞの曖昧宿《あいまいやど》だ……）

思い出したとたん、苦い後悔が胸を走った。

この宵《よい》の口、ひどく無愛想な女と床入りしたのが思い出される。

十は年上に見える無口な女で、名前を問うと、〝たけ〟とだけ答えた。ここはどこの町だと訊くと、〝海辺大工町《うみべだいくちょう》〟の一言がぶっきらぼうに返ってきた。

深川の海辺大工町は広く、小名木川《おなぎがわ》沿いに幾つにも分かれていて、その一言だけではどの辺りか見当もつかない。

（気の利かぬ女……）

と思った。この川が大川に合流する辺り、そう、萬年橋に近い海辺大工町には色町があったっけ。ここはその辺りかもしれない。

この女との床入りを思い出そうとすると頭痛がし、思い浮かぶのは切れ切れな断片だけだ。いや、一つだけ憶えている。

見かけによらぬ美しい肌をしていて、その柔らい感触だけが、まだ身体に残っているようだ。

飲み過ぎたと思う。

短時間に、一気に呑んだような気がする。

瞬間的に深い眠りに落ちたせいか、グラグラするような酔いは収まったものの、頭が重い。今日一日のことは憶えているが、なぜこの宿に上がったかが思い出せない。

女をそっと押し離して、寝がえりを打った。その微風で枕辺の行燈の灯りが微かに揺らぎ、天井に柔らかい影が動いた。

天井を見つめ、静寂に耳を澄ました。

お酉様の夜らしい賑わいは、遠いようだ。ここはおそらく二階だろう、どこか遠くで、たぶん階下で、笑う女の声が聞こえて来る。

こんな筈ではなかった。どこをどう取り違えたのだろう。

北風の吹き晒す両国橋を渡ってきたのは、ついこの午後のことだ。

橋上を行き交う人混みを、千吉は考えごとをしながら、ひょいひょいと身軽に縫ってきた。

寒かったから、いつもは頭上で喧嘩被りにする藍《あい》手拭いを、頰被りにし、腕を組み両手を脇の下に突っ込んで暖を取る。だがヒョロリとしているせいか、足元が冷え冷えした。

これから扇橋《おおぎばし》まで行くのは、少し難儀な気がした。

ここから木場《きば》までは遠く、相手に会えても、帰りは向こう次第になる。この寒さで宵を過ぎるのは辛い。今日は帰って出直そうか、などと迷っていると、千さん……と呼ぶ声がした。

見ると、東詰からこちらへ押し寄せる人混みの中から、一人の女が抜けて来る。薄茶色の肩掛けに顔を埋めた綾だった。

「あれ、買い物……？」

思わず千吉は端正な眉を顰《ひそ》める。篠屋のおかみときたら、寒風でも日照りでも、くだらぬ物を買うため平気で女中を使いに出す。

「ええ、買い忘れがあって、そこの一心堂《いっしんどう》まで」

と綾は軽く言い、千吉の軽装に目を向けた。

「それより千さん、最近忙しそう。今夜は帰るの？」

「帰っちゃいけねえかい」

「また、へそ曲がりを……。あんたのおっ母さんが心配してたよ。このごろ家に寄りつかないって。今夜帰るんなら、お早めにね」

言ってさっさと人混みに紛れて行く。

ふふん、と苦笑してその後ろ姿を見送って、思い出したことがある。下っ引になりたてのころ、亥之吉親分から言われた言葉だ。

「病人と母親の言うこたァ、割り引いて聞け」

というのだが、その通りだった。

自分が〝家に寄り付かない〟など、嘘っぱちだ。毎日ちゃんと帰っているが、夜が遅く、翌朝ろくに母親の顔を見ずに出かけるだけのことだ。


千吉は起き上がった。

すぐに女が気づいて身を起こした。

「帰るよ」

「あら、もう……？」

朝までと思っていたらしく、女は慌てたように身繕いし、着物類を入れた乱れ籠を差し出して、そそくさと部屋を出て行った。

（普通は、着付けを手伝ってくれるもんだが……）

と思ったが、まあどうでもいい。まずはさらしの腹巻を手にして、千吉は胸の底がスッと冷えるのを感じた。

財布がない。たしかに腹巻きに包んであったはず、とあちこち手探りで探したが、どこにも見当たらない。

全身の血が引いて、酔いが冷めていくのが分かる。

（まさかあの女が……？）

いや、果たしてそう言いきれるか。

思い返してみると、日暮れ前から呑み始めていた。かなり酔っていてここに上がる前後の記憶はおぼろである。床に入る前に財布を手にしたかどうか……それさえ曖昧だったのだ。


このところ千吉は、たしかに忙しくしていた。

数日前、両国広小路の先の、葦の茂る岸辺に行き倒れていた死体の、身元調べが原因である。

髷《まげ》や、股引《ももひき》に綿入れ半纏という身なりからして町人で、年齢は五十を過ぎており、死後二日も経っていない。

発見して番所に届け出たのは、釣り人である。

流れ着いた死体であれば、釣り人は、そのままナンマンダブ……と流してしまうことも多いのだ。

だが死体は岸辺に倒れており、近くに釣り道具も残されていた。

懐中に財布など金目のものはなく、盆《ぼん》の窪《くぼ》に刺し傷があったから、ここで釣りをしていて、行きずりの強盗に襲われたのだろうと思われた。

しかし町人であれば、調べはほとんど形式だけで済ませてしまう。ましてこのご時世、騒動が多くて、とても手が回らない。

亥之吉親分といえど例外ではなく、通常やるべきことはやって終わりにした。即ち、人相書きを自身番に配り、遺留品の釣竿を近くの釣道具店に持参して、心当たりを探った。だが三日経っても手掛かりはなく、死体は発見場所近くに、立看板と共に埋められた。

ところが千吉は、手がかりを求めてなお歩き回り、この日も橋を渡って深川に来たのだった。

この海辺大工町辺りには、大工の住む町家が密集している。目指す扇橋もその町に近く、小名木川べりの長屋に、初老の太公望《たいこうぼう》が住んでいると聞き込んだ。

その人物は、よく大川の岸に釣り糸を垂らしており、例の人相書きとよく似ている、と言う人がいたのである。

そこで今日、さっそく行ってみたのだが、そんな長屋は幾つもあり、釣りばかりしている初老の男の噂など、とんと聞こえてこなかった。

場所が違うかと、さらに周辺を聞き回ったが、何の収穫もない。

もう諦めようかと空を仰いだが、まだ明るかった。あの空が暗くなるまでは……とさらに奥の方へと歩きだした。

東に向かって、武家屋敷の塀がえんえんと続いていた。深川のこの辺りには大名の下屋敷の他に、幕府の御船手方《おふなてかた》屋敷が連なっている。

しばらく進むと、突然塀が切れた。

そこに藪椿《やぶつばき》が赤い花を咲かせており、その先に人家はなかった。

太陽はすでに沈みかけていて、振り返れば、はるかな地平線に近い空は茜色に染まっている。中天にまだ青みが残っていたが、すぐに闇に覆われるだろう。

前方を見はるかすと、いちめん枯れがれした田圃《たんぼ》や畑地で、ところどころに小藪が見え隠れする。この枯れ野の先に、〝十万坪《じゆうまんつぼ》〟と呼ばれる大湿地帯が広がっているのである。

ここがもうその入り口であれば、この先に人家はなさそうだ。

カラスの群が鳴きながら、頭上を飛んでいく。その向かう先に目をやると、遥か遠くに、落日を受けて赤黒く見える森があった。

逢魔時《おうまがとき》……。

そんな言葉が浮かんだ。あんな森に迷い込んだら帰れなくなるだろう。さすが向う見ずの千吉も心細く、草臥《くたび》れていたし、野ッ原を吹き渡ってくる風がひどく冷たい。

ここで引き返すことにして戻り始めると、急に足が速まる。最初に目に止まった赤提灯の暖簾《のれん》をくぐった。

町外《はず》れのせいか、先客もなく、がらんとしていた。

両国橋まではかなりあるから、一杯だけ呑んで店を出た。先ほどから遠くに聞こえていた太鼓の音が、近くなったようだ。

近くにお酉様を祀《まつ》る神社があるのだろう。ふと郷愁をおぼえ、もう一軒だけ軽く行こうか、という気になった。

横丁に見つけた次の居酒屋は、客が何人かいてホッとした。暖かかった。

何杯か重ねるうち、たまたま隣の空席に座っていた男が、

「あの太鼓は、富岡八幡宮《とみがおかはちまんぐう》のお酉様だよ」

と教えてくれた。お酉様といえば浅草しか行ったことのない千吉は、急にこの町に親しみを覚えた。

男は二つ三つ年上か。色白で華奢な感じの目の細い男で、遊び人ふうに見えた。だが竹職人で、笊《ざる》を作る腕は確かだという。

千吉が、この辺りで有名な太公望を知っているかと問うと、

「この深川でそんな男を探すのは、砂の中に米粒を探すようなもんさ」

と男は答えた。酒のせいでそんな会話も楽しく、もう一軒行こうと誘われると、もうそろそろ……と言いつつ付き合った。

その三軒めの辺りで記憶が曖昧になる。

覚えているのは、断片的な男の言葉だ。

「近くに、いいコのいる店を知ってるよ」

急に血が騒ぎ、不覚にもその店に向かった……ようだ。

（ここに連れてきたのはあの男だ）

あいつ、あれからどうしたろう？　一緒に此処へ来たのは確かだが、上がったかどうかは定かでない。

二

「ああ、お連れさんですか？」

勘定書を持って来た宿の主人は、薄笑いしつつ鋭い目で千吉を見た。

「あのお方でしたら、先ほど玄関先で帰りなすった。何か……？」

「上がらなかったのか？」

「上がったのはお客様お一人でしたよ」

「亭主、すまねえ、あいつにやられた!」

千吉は悲鳴のような声で言った。二十年このかた生きて来て、こんな目に遭うのは初めてである。

「……と申しますと?」

「深酔いしちまって、どうやらあいつに懐を探られた……」

「困りますねえ、お客さん、そんな作り話は」

主人は目を細め二重顎を揺すって笑ったが、目は笑っていない。

「いや、嘘じゃねえ、金は持ってたんだ」

親方の磯次から都合してもらった金が、多少、懐にあったのだ。

実をいうと、あの件はもう終わったと亥之吉親分から言われている。深入りするなと。だが千吉なりの思い入れで、勝手に動いた。

そのためには軍資金が必要だった。だが母親に借りると何かとうるさい、そこで理由は言わずに、磯次から調達した。時々やることで、すぐに返すから後腐れもない。

その金がそっくり無くなっているのだ。

「あいつ、ここの常連だそうだけど、どこの誰なんで?」

「えっ？　初めてですよ、あのお方は。何ならお客さん、自身番に訴え出ますかね？」

「あ、いや、それは……」

急に気後《おく》れがして、声が小さくなった。

いやしくも十手者《じってもの》の端くれとして、泥酔して懐を探られるなど、とんでもない失態だ。口が裂けても言いたくない。

「もしかしたら、落としたかもしれねえんだし……」

「ならば、どうしなさるね。耳を揃えて払って頂かないことには、帰って頂くわけにゃいかねえんですよ。ただ……」

主人は太い親指を舐め、おもむろに手にしている宿帳を開いた。

「ええと、お客さんは、篠屋の千吉さんに間違いございませんね」

「え、ど、どうしてそれを？」

思わず声を尖《とが》らせた。すると襖が小さく開き、用心棒らしい、いかつい男が外から顔を覗かせた。脅しだろう。

「いえ、あのお連れさんが書いたんですよ。お客さんが、書かせなすって……おやおや、覚えていなさらんと？　困りますねえ。うちは堅気《かたぎ》の商売してますでな、身元をちゃんと明かしてくれたんで、上がって頂いたようなわけで……」

嘘だ、嘘っぱちだ！　そんなことまで、いくら泥酔しても自分が忘れるはずはなかった。

「今からすぐ、若ェ者《わけ》に行かせるんで、篠屋さんの場所を教えてもらいましょか。お代の都合がつくまで、ここでお待ちを……なに、柳橋なら、大して時間はかかりませんや」

進退極まって、千吉は地図を書いて渡し、筆を放り出して言った。

「先方には、〝財布を落とした〟と言ってもらいてえ」

「篠屋さんに、財布を落としたと……へえ、よござんすよ」

忌々《いまいま》しさに混じって、苦い吐気が腹の底から込み上げてきた。

あのクソ野郎が……！

妙に馴れ馴れしいとは思っていたのだ。

初めからそのつもりで近づき、さりげなく千吉の名前や身元を聞き出した。これはいけると思ってあれだけ酔わせたのだろう。

千鳥足の千吉の肩を支える場面があったように思う。その時、そっと懐を探って財布を奪ったに違いない。

この宿とは、もちろんぐるに決まっている。

今はカラクリが丸見えだったが、気がつくのが遅すぎた。

十手者の端くれが、この荒れたご時世、こんな街外れまで遠征しながら、大酔し、名前も知らぬ相手の言葉にやすやす乗ってしまうとは。

〝魔がさした〟じゃ済まされない、とんだお笑い草だ。

罠に嵌《は》まり込んだ自分の甘さを、嗤《わら》った。甘ちゃんだ、独りよがりの、自惚《うぬぼ》れ屋の、能無しの、コソ泥以下の、気の利かねえトンチキ野郎だ。

罵《ののし》るだけ罵って、最後に思った。

(財布は落としたことにするしかねえ)


千吉は冷たい畳の上に胡座《あぐら》をかき、両手を組んで目を閉じる。

どこか遠くで笑う女の声はまだ聞こえており、時折、三味線の爪引きが混じった。

瞼にあの死体の顔が浮かんだ。

それに導かれてここまで来たが、結局はどこの誰やら分からずじまい。そればかりか惨憺《さんたん》たる結末に終わり、苦々しい限りだった。

死体を初めて見た時、年齢は五十代半ばと亥之吉は言ったが、もっと若いように千吉には思われた。

人相書きを書くため亥之吉が言うままに、眉毛は濃い、顔は面長……と帳面に書きつけていく。

「唇の右下にホクロあり……」

と聞いた時、何がなしハッとしたのが事の始まりだった。

唇の右下にホクロ？

忘れていた遠い記憶に、いきなり鷲摑《わしづか》みにされたのだ。

千吉の父親は、五つの時に家を出て行って、それ以来一度も会っていない。いつだったか、死んだと聞かされた。

あの時、千吉はまだ五つ。両親の仲の機微《きび》を感じる年齢ではなく、顔すらもよくは覚えていない。

当時、一家は下谷同朋町《したやどうぼうちょう》に住んでおり、母のお孝は、親譲りの小さな小間物屋を営み、その三部屋しかない家の一間で、父は寺子屋をやっていたという。

父の実家は上方《かみがた》の小藩の下級藩士だったが、事情があってお取り潰しになった。一家は離散し、次男坊の父だけが江戸に出たという。

初めは知り合いの家に居候したり、用心棒として商家に住み込んだりしていたが、たまたま町で〝貸し間〟の札を見かけ、部屋を借りたのが、お孝の家だったと。

父について、それ以上お孝は語ってくれなかった。なぜ出て行ったのか、どういう人物だったのか、いつどこで、どうして死んだのか。ほとんど知らされていない。

ただ一度だけ、そう、千吉が十九を迎えたころ、その顔をまじまじと見て、お孝がこう言ったことがある。

「お前、お父っつあんによく似てきたねえ。ふふ……そりゃ、あちらの方が男前だったけどさ」

(きっと自分よりはるかに色男だったただろう)

と千吉は、今は勝手に想像している。だからいい女が出来て、自分らを捨ててまで出て行ったのだろう、と思うのだ。

歌舞伎役者のような男を思い描いているが、顔ははっきりしない。

ただぼんやり記憶にあるのは、確かどこかにホクロがあったことだ。鼻の下か、口元だったかはよく覚えていないが。

「おとう、この黒いのなあに?」

「ホクロというんだよ」

そのやり取りが、思い出す限り唯一の父との会話だった。

三

　また千吉には、こんな忘れがたい記憶がある。

　いくつか憶えていないが、母親の腹にすでに妹が宿っていたから、五つのころだろう。

　蟬《せみ》が鳴いていたから夏の盛りだった。

「千、暑いから涼みに行こうか」

　ある日のこと、母にそう誘われ、嬉しいお出かけとなった。

　母は、あらかじめ決めていたらしく、どこかから猪牙舟に乗った。千吉にはよく分からなかったが、いま思えば神田川だったろう。

　遡《さかのぼ》っていく川は物珍しく、千吉は無邪気に喜んでいた。

　だが母は一言も喋らない。上流の船着場で、急き立てられるように舟を降りると、美しい橋を渡り、小高い静かな所まで、無言で歩いた。

　そこから見下ろす川は曲がりくねり、夏の日にキラキラ反射して、眩しかった。

「近くまで下りてみようかね」

母に誘われ、岩のゴロゴロする道なき道を、先に立って岸辺まで下った。

「わあい、水がきれいだ、魚が見える」

乗り出せば水が掬《すく》えそうな川べりに腹ばいになって、千吉は叫んだ。

だが母はなんとも答えない。

早く早く……と振り返ると、母は思いがけずすぐ後ろに立っていて、じっと千吉を見ていたのだ。

突然、怖くなった。

(どうしたの、おっかさん)

と言ったつもりが、言葉にならなかった。周囲の木立で一斉に鳴きだしたように、蟬の声がジャーッと耳を覆った。

だが千吉はとっさに、精一杯の声を上げて怒鳴《どな》ったである。

「魚が逃げちゃったよ！」

母は黙って、近くの岩に腰を下ろした。

それからどのくらい、この場所にいたのだったか。千吉は楽しいフリをして、辺りを飛んだり跳ねたりした。

日が陰っても母は動かず、川を見ていた。

その日それから、どうやって帰ったか記憶にない。

しばらくしてお民《たみ》が生まれたが、家に父の姿はなかった。

その翌年だったか、千吉は、米問屋に奉公に出されたが、一月《ひとつき》足らずで逃げ帰ってきて、母を驚かせた。

その米屋に年若い奉公人は何人かいたが、最年少は千吉だった。

寒い日や雨風の日の使い走り、水仕事など、総ての雑事が千吉に押し付けられ、耐え難かったのだ。話を聞いて、母が何と言ったか記憶にない。ただ、店に帰れとは言わなかったのを覚えている。

それからだった。母が、二人の子も共に受け入れてくれる店を、あちこち駆けずり回って探し始めたのは——。

「篠屋が見つからなかったら、あのお孝さん、一家心中を考えたんじゃないかね」

とは、篠屋にお孝を紹介した口入屋の内田の言葉である。

「お客さん、篠屋さんからお迎えが見えましたよ」

というあの女の声で、物思いから覚めた。

「ああ、有難う……どんな人が来たか分かるかい」

「がっしりして大きなお方……」

予想通り、金を持って引き取りに来たのは磯次である。

頷いて千吉が立ち上がると、女は先に立って階段に案内しながら、ふと小声で囁いた。

「さっき、お客さんを連れてきたお連れさん、ウサギって呼ばれてる人ですよ。トキチとかって名の……」

思いがけぬ言葉に千吉は足を止め、女の下膨れの顔を見た。愛想はないが、思ったより若く、純に見えた。

「ああ、有難うよ」

言った時は、女は背を向けて階段を下っていた。

「親方、すまねえす」

近くの船着場から磯次が猪牙舟を漕ぎ出すと、初めて千吉は詫びを言った。

この親方のいつもの寡黙さに気圧《けお》され、あの曖昧宿で顔を合わせてもすぐには何も言い出せなかった。二十歳を過ぎた男にしては、がきっぽいと我ながら思う。自分が恥ずかしかった。

「話はあとだ」

と磯次はむっつり受け流した。

舟には舟灯がポツンと灯っているだけ。

そんな灯りが、暗い小名木川に幾つか滑っていて、時折そばをすれ違っていく。両岸の土手はほぼ真っ暗だ。

船宿が迫っている所には、灯りが集まっていた。

大川や神田川と違って、この川は運河だから波もない。

だが舟の微かな揺れに、思いがけず胸の底から吐気が立ち上がって来る。酒の酔いが、まだ残っていたのだろう。

自分でも器用に櫓を操る千吉には、初めてのことだ。

「親方、横になってもいいすか。何だか舟酔いしちまって……」

「ああ、勝手に横にでも縦にでもなれ」

と磯次は、千吉の綿入れ半纏を投げてよこす。

「これは綾さんの差し入れだ、お前にはもったいないがな」

綾が、深夜の寒さを慮《おもんぱか》って、磯次に託したらしい。

その綿入れにくるまると、寒気が消えた。

舟底にある座布団を枕に仰向けになると、目一杯に星空が広がる。それは溜息が出るほど美しかったが、その光は冷たくよそよそしく、無情だった。

千吉の動きに異常を感じた亥之吉親分が、〝深入りするな〟と忠告したのが思い出される。深入りしなければ良かったか……と思っている時、どこか岸の方で叫ぶ声が聞こえた。

「両国橋……、両国橋まで頼む！」

通りすがりの船着場に黒い影が立ち、手を振って叫んでいる。

舟に同乗者の姿が見えないから、空舟《からぶね》と思ったのだろう。

その声に微かな聞き覚えを感じ、千吉は身を隠したまま顔だけ舟桁《ふなげた》にもたげて、声の方を見やった。

今その前を通り過ぎつつある暗い船着場で、提灯をぐるぐる回している者がいる。乗せてくれという合図だ。

チラチラ揺れるその灯影が、その男の顔を映し出した。

薄暗い闇に仄《ほの》かに浮かぶその顔に、目の焦点が合った瞬間、頭の中で火花が弾けた。

とっさに千吉は舟底に身を伏せた。

千吉は、日ごろから目をよく鍛えている。平たい石を水面すれすれに飛ばし、九十回の水切りを記録した石投げの名人である。〝水切りの千吉〟の異名に違《たが》わず、目は良かった。

「お、親方……聞いてくれ、あいつだ、あいつに間違いねえ」

腹這いのまま声を押し殺して訴える。

「兎吉《ときち》って名の悪党だ。親切ごかして、酔っ払ったおいらの懐を探りやがった。遊女屋に上がったのは、あいつのせいだ！」

「…………」

「今までどこで何してやがった。今ごろのこのこ現れるたァ間抜けた野郎だ。親方、頼む、取っ捕まえておくんなせえ」

「…………」

返事はないが磯次の腕は大きく動いた。舟は止まった。ゆっくり進路を正反対に変えて、今来た方へと戻り始める。

舟は真っ直ぐ、船着場に進んだ。

「両国橋なら行くぞ、乗れ！」

磯次が接岸しながら声をかけると、

「有り難え……」

と男は提灯を消して折り畳み、懐に入れて船着場に立った。

磯次は竿で舟を寄せて行く。だがぴったり横づけするや、やおら竿で相手の向こう脛《ずね》を、思い切りなぎ払ったのだ。

「いててて ッ……な、何をしやがる!」

兎吉は悲鳴をあげた。

無防備だったためしたたか脛を打たれ、飛び跳ねてその場に倒れ、身をよじっている。

そこへ舟に隠れていた千吉が飛び出して、殴りかかった。

「この野郎が! トキチだか、トンキチだか知らねえが、この千吉を騙して、ずらかろうったってそうはいかねえぞ」

「何の話だ、知らねえよ、人違いだ……」

「馬鹿野郎、知らねえじゃ済まねえや。おいらが知ってる。てめえのおかげで、大恥かいたんだ」

「やめろ、痛《いて》えじゃねえか、人違いだ」

「大人しく盗んだ財布を返しゃ、人違いにしてやらァ」

殴る蹴るの千吉の攻撃を縫って、兎吉は石段を這い上がる。だがその先には磯次が立っていて、思い切り兎吉の額を蹴り上げた。

「手間を取らせるな、返せば許すと言ってんだ、早えとこ返しやがれ、話の分からねえ寝ぼけ野郎が！」

磯次が怒鳴った。

「勘弁してくれよ、人違いだってぇのが聞こえねえか」

「この夜中に番所に突き出されてえか」

「ああ、そうしてくれ」

兎吉はやおら着物を脱ぎ捨て、腹巻と股引だけになった。

「さあ、見やがれ、何もねえ。人違いで、てめえらが括《くく》られるわ」

「よし分かった、千吉、はした金は諦めて、舟に戻れ」

磯次は言った。

「これから番所まで行くのは面倒だ、ここですましちまおう」

「お、親方……」

「この闇夜だ、こんな小者の一人二人川に沈めたところで、誰にも分かりゃしめえ。そこから放り投げて、わしはここにおる。岸に上がろうとしやがったら竿で突くんだ、お前は舟で見張れ」

言いざま、木の根っこのように盛り上がった太い腕で、いきなり兎吉を抱え上げたのだ。

「や、やめろ！　何しやがる」

驚愕して叫んだが、磯次は兎吉を無造作に肩に抱え上げたまま、船着場に降りて行く。

「やめろって。分かったよ、分かったから下ろしてくれ」

磯次の腕の中で暴れながら叫ぶ声が、泣き声に変わった。

「おめえはケダモノだ」

「同じケダモノでも、ウサギより大物だがな、さあどうだ、盗んだ金は返すか？」

船着場の縁まで進んで、磯次が言った。

「か、返すよ。いや、ぶっちゃけ金は使っちまって、財布は捨てた」

「何だと？」

「……あ、最後まで聞いてくれ、あんたらが喜びそうな情報《ネタ》がある」

四

「千吉っつあんが探してる太公望の話だよ。あっしにはすぐ分かった、たぶん吉次郎《きちじろう》旦那のことじゃねえかと……」

再び地上に下ろされ、地べたにしゃがみ込んで、兎吉は喋り始めた。

「ああ、あっしは竹職人で、自分の作った笊や籠を天秤《てんびん》担いで売り歩いてる。釣り竿も手がけてるんで、あの旦那と親しくなったのさ。旦那は以前、腕のいい船大工の棟梁だったそうだが、左の親指を怪我で失ってから、五十そこそこで隠居しちまったとか」

その話は、千吉が釣り人から聞いた話と重なる。

「仕事場付きの家を飛び出ちまったのが、去年のことだ。扇橋の先の猿江町《さるえちょう》の奥へ隠れ棲んだ。若けえコレが一緒でな。今はもっぱら釣り道楽だと……」

と小指を立てて見せる。

「その女が何日か前に、旦那が帰ってこねえと、半狂乱だったたんだ。俺はちょいと気になってね。今日、天秤担いで様子を見に行ったたってわけさ」

だが、女はいなかった。

で、目で捜しかたがた、そこらをぶらぶら売り歩いている時、下っ引らしい千吉の姿を見かけたのである。

どうも嗅ぎ回ってるのは、あの旦那のようだ。どうやら旦那に何かあったか、と勘が働き、あとをつけたのである。

「なに、悪気なんてねえ、小金が稼げるかなぐらいに思ってさ。ここで相談だがな、どうでえ、千吉っつあん、その旦那の本宅を教えりゃ、許してもらえるかい。そこには七つ八つ下の、貞女で有名な内儀《かみ》さんがいるぜ、旦那には捨てられたが、いい女だそうだ」


磯次と千吉が篠屋に戻ったのは、九つ（午前〇時）に近かった。

お孝としてはもう裏店の長屋で寝ている時刻だが、この時ばかりは帰らずに、台所で待っていた。

ひょろりとした千吉が、いかにも萎《しお》れて勝手口から入ってくるや、いきなり飛び掛かって、修羅場が始まった。

「ここんとこ変だ変だと思ってたら、やっぱり女狂いだね！　いえね、何をしたってあたしはいいんだよ。だけどね、篠屋に迷惑かけるのだけはやめておくれ。今夜のお代は、おかみさんが用立ててくれたんだ、土下座して謝りなさい！」

　この騒ぎを聞きつけて、奥に引き取っていたお簾が、寝巻きに綿入れを羽織って、出て来た。

「ああ、おかみさん、今夜はうちの馬鹿者が、ご迷惑かけましてございます。必ず返させますから、どうか許してやってくださいまし！」

　とお孝は、背伸びして千吉の耳を引っ張った。

「さあ、お前も謝るんだよ」

「いててッ……、おっ母、痛えよ」

「お孝さん、もういい。耳でもちぎれたら、もっと大ごとになるじゃないか」

　お簾は苦笑して言った。

「千吉は明日、旦那様にきつく叱ってもらうからね、叱り足りないってことはないよ。放してやり」

　その言葉で、修羅場は意外にあっさり収まった。

「有難うございます、どうかきつく叱ってくださいまし」

「分かったから、さあ、あんたは早く寝ておくれ。お孝さんに倒れられたらそれこそ大変だ。皆も早くおやすみ」

言って、お簾はさっさと奥へ姿を消した。

お孝も、そこにいた磯次や船頭たちに頭を下げて、千吉を睨みつけて帰って行った。

当直の甚八と弥助は船頭部屋に引き上げ、台所に残ったのは綾と磯次と千吉だけ。

「千、家に帰りにくかったら、うちに泊まってもいいぞ」

と磯次が、膝を叩いて立ち上がる。

「いや、おいら、船頭部屋に泊まるよ。朝になったら、すぐに出かけちまうからさ」

「うむ、よかろう。おれはちと草臥れたんで、もう寝る」

「親方……」

と千吉が止めた。

「今夜は怖い夜だったすよ、ほんと。親方があのウサギ野郎を抱え上げた時は、おっそろしかった。あれ、まさか、本気じゃなかったんでしょ？」

「嘘気で、あのウサギを、あそこまで仕留められるか？」

これはもう川に叩き込むしかない、と腹を括ったという。

それが分かったからこそ、兎吉はすっかり観念したのだ。吉次郎の本宅が門前仲《もんぜんなか》町《ちょう》にあると明かしたばかりか、その場所や、家族について、細かく説明して磯次の怒りを抑えたのである。

「いや、あんな小悪党こそ、観念すれば早い。今夜は川も冷てえだろうと読んだのさ」

笑い声を残して磯次は出て行った。

台所にはとうとう、綾と千吉が残った。

顔が合うと、千吉はこそばゆそうに笑った。綾に嘘をつくわ、綿入れを差し入れられるわで、穴があったら入りたいほど恥ずかしかった。

だが、綿入れを纏った長身をすぼめ、たいして感謝もしていなさそうにペコリと頭を下げた。

「綾さん、今日はすまねえな」

「いえ、べつに構わないけど、それより千さん、今夜は何があったの。ウサギって誰のこと？」

と綾はお手柔らかに迫った。千吉は、今はもう冒険譚になりつつある今日の体験を、まるで過去を回想するように語った。

今日は何故か、十万坪という地の果てまで行ったこと。

引き返して一杯やってる時、詐欺野郎と出会ったこと。

遊女屋に送り込まれ、一眠りしてから、この男に財布を盗まれたと知った。だが、自身番に訴える気になれなかったこと。

さらに磯次の舟で帰る途中、あのウサギ野郎が舟を止めたこと……。

「実際、あれは奇跡だったよ、誰かのお引き合わせのようだ」

「ふーん」

と綾は物思い顔で頷いた。

「もしかしたらあの吉次郎さんが、あんたを護ってくれたのかもしれないね」

「……さあ、どうだか」

千吉は、日ごろからこの手の話には乗らない現実主義者だったから、少し考えてニべもなく言い放った。

「人はいろいろ言うけどさ、ま、巡り合わせってもんだろ」

たしかに自分は今日、何か大きな力に誘われ、化《ば》かされて、小名木川から深川十万坪まで迷い込んだ。だがそれが〝お父っつあん〟の幻とは、恥ずかしくて綾には明かしていない。

そして綾には言わないことが、もう一つある。

小名木川河口の色町にいる、あの遊女のことが、頭から離れない。だがいざ思い出そうとするとその顔は曖昧で、はっきりしない。〝たけ〟という名だったっけ。一度訪ねてみたいが……。

翌朝早く、亥之吉親分は、千吉を供に連れて、深川門前仲町の吉次郎宅に乗り込んだ。

そこには女房のおすみがいた。

亥之吉親分に促され、観念したように奉行所まで連行され、吟味《ぎんみ》を受けた。おすみが、若い衆に命じて夫を殺させたと自供したのは、その日のうちのことである。

第三話　秘め絵の女

一

「おーい、おかみ、お客様だ！」

玄関先に、主人富五郎の大音声《だいおんじょう》が響き渡った。

「時の人の御到来だぞ」

「はーい、ただいま……」

いつになく浮き浮きして艶めいた声を上げながら、お簾が帳場から飛び出して行く。

今宵の宴席の主は、日本橋の甚左衛門町《じんざえもんちょう》（人形町《にんぎょうちょう》）にある錦絵の版元《はんもと》『錦盛堂《きんせいどう》』の主人……と綾は聞いている。

慶応三年初冬のこの不景気な時に、錦盛堂だけは別格だった。

その証拠に、今宵は売れっ子の芸妓が二人と、幇間《ほうかん》が呼ばれている。昨今まれに見る賑やかなお座敷になるだろう、とお簾ばかりでなく、台所方一同も張り切っていた。

わざわざ富五郎が先導してきたのは、錦盛堂主人と、古く親しい間柄だからである。名を佐野屋富五郎《さのやとみごろう》といい、名前も、年のころも同じで、共に三遊亭圓朝《さんゆうていえんちょう》のご贔屓《ひいき》連《れん》の仲間でもあった。

しかしこの佐野屋は、今さら〝時の人〟でもあるまい。

(では〝時の人〟って、誰のことかしら)

下働きの綾は、そんな好奇心に駆られて、お簾や女中のお波の背後から、そっと覗いていた。

渋いが好色そうな富五郎に続いて、佐野屋が玄関に姿を現した。

まるで湯上りのように肌の色艶が良く、いつも上機嫌で、腰が低い。だが油断のならぬ目つきをした、見るからに遣《や》り手の五十男である。

「まあまあ、佐野屋さん、お久しぶりですこと。このたびは大層な売れ行きだそうで、おめでとうございます」

お簾の丁寧な挨拶に、佐野屋は何度も頭を下げ、

「有り難う存じます。いやはや、もう売れて売れて、嬉しい悲鳴……」

と冗談口を叩いてみせるが、まんざら嘘でも無さそうだ。

「それもこれも皆、こちらの師匠のおかげでございます」

言いながら振り返り、同伴の客をお簾の前に押し出した。

「ご主人、また御冗談を」

と軽く受け流しながら、ゆっくり入ってきた客の顔を見て、綾は思わずアッと声を上げそうになった。

この顔を、どうして忘れられようか。

つい先日薬研堀の不動尊の辺りで見た光景が甦り、綾は一瞬、周囲の物音が聞こえなくなった。


綾はその日の午後、日本橋の両替屋まで使いに出た。

いつになく客が立て込んで待たされて、薬研堀まで帰り着いたころには、すでに辺りは薄闇に包まれていた。

このくらいの時刻から、江戸市中はめっきりと通行人が減り、もの寂しくなる。

近頃は地方から攘夷派《じょういは》の浪人たちが大勢流れ込んでいて、日が沈むと、はた迷惑な狼藉《ろうぜき》を働き始めるからだ。

日本橋の富裕層で、被害に遭わない商家は珍しいと言われるほどで、少し夜が更けると、辻斬りも平然と行われた。

だが柳橋はもう目と鼻の先、ほっと息を吐きながら足を速めた時である。不動尊の参道の入り口辺りから、突然、ただならぬ怒号と悲鳴が聞こえてきた。

「人殺しだァ……」

の声に、道行く人がそちらに吸い寄せられ、走って行く。

(そんな騒ぎに巻き込まれるのは、真《ま》っ平《ぴら》ごめんだ……)

と思いつつも、綾も野次馬根性には逆らえない。足が勝手にそちらに動き、参道入口まで戻ってしまった。

そこの茶店の前に人だかりがしており、その隙間から恐々《こわごわ》見てみると、一面の血の海の中に一人の男が倒れていた。

一度は恐怖で目を逸らしたが、おそるおそる再び見てみると、二十四、五の遊び人ふうの若者だった。はだけた胸にのぞく彫り物からして、やくざ者だろう。

周囲に飛び交う野次馬の話を総合すると、どうやら事件はこうだった。

この茶店で、参拝を終えた近くの商家の娘らしい女と付添いの女中が一服しているところへ、酔っ払ったやくざ者が通りかかり、美しい娘に向かって卑猥《ひわい》な言葉を投げつけた。

だが娘に露骨に嫌な顔をされて逆上し、逃げようとする娘の帯を摑んで引っ張った。助けようと飛びかかった女中を路上に叩きつけ、止めに入った茶店の主人を突き飛ばす……といった狼藉三昧《ろうぜきざんまい》。

遠巻きにした見物衆を尻目に、無理やり娘を引きずって行こうとした。その時、編笠を被った浪人ふうの武士がつかつかと歩み寄り、いきなり男の襟首を摑んで、地べたに放り出したのだ。

男は酔眼《すいがん》を血走らせて喚《わめ》き立てるも、武士は相手にせず、娘と女中をその場から逃がした。男はやおら、懐から匕首《あいくち》を出して突きかかり……。

だが武士は難なく身をかわし、腰の刀を一閃《いっせん》……男は袈裟《けさ》懸《が》けに斬られ、血飛沫《ちしぶき》をあげて転がった……。

とまあ、そんな一幕だったらしい。

やれやれと綾は思った。

帯刀している武士に匕首で突きかかるなんて。

お侍さんもお侍さんだ。腕に自信があるなら、殺さずとも退治出来ただろうに。とはいえあの手のやくざ者は、ここで助かっても、他所《よそ》できっと同じことを繰り返すだろう。

無常を感じ、自分の野次馬根性を後悔しながら現場を立ち去ろうとして……、ふと目を凝《こ》らした。

人だかりの輪から、一人の男が抜け出て来て、血だらけの死体に近づいて行く。やくざ者の仲間かと一瞬思ったが、それにしては落ち着き払ってる。

男は怯えるふうもなく血の海に踏み入るや、死体の断末魔の形相を、間近からじっと凝視し始めたのである。

(狂人か?)
二十七、八だろう。色白で、広い額と大きな目が印象的な男前で、着流し姿や、身のこなしも垢抜《あかぬ》けて、自信に満ちている。
さすがに死体に触れはしないが、普通の者なら目を背ける血みどろの無残な頭部を、角度を変えながらためつすがめつしている。

挙げ句に、やおら帯に刺した矢立《やたて》から筆を取り出すと、手持ちの半紙に、凄まじい勢いで筆を運ばせ、写し取り始めたのだ。

見物人は、新手の登場に呆気にとられて、ただ見守るばかり。

男はそんな視線を気にするふうもなく、一心不乱に筆を動かして、番所から役人が到着する寸前に手際よく筆写《ひっしゃ》を終えると、何ごともなかったようにさっさと姿を消してしまった。

（狂人は狂人でも、画狂人《がきょうじん》だ）

とても常人とは思えぬあの筆さばきからして、おそらく、名のある浮世絵師《うきよえし》だろうと推察した。ナマの死体を恐れるふうもなく、間近に迫って描き尽くそうとするのは、紛れもなく狂気であろう。

綾はすっかり圧倒されていた。

「あれは血みどろ絵の……じゃないか」

という呟きが、ふと耳に入ってきた。

血みどろ絵？

だが肝心の名前が聞き取れず、なお耳を済ましていたが、その声はもう聞こえてはこなかった。

あの男《ひと》だ、と綾は思った。

斬り殺された血みどろの死体を、臆するふうもなく一心に写生していたあの画狂人に間違いない。

だがその人は今、あの鬼気迫る表情が嘘のように、柔和《にゅうわ》な笑みを振りまいている。

二

「……ということでしてな、おかみさん」

佐野屋は、今まで何か説明していたらしい。

そう話を締めくくるのを聞いて、綾はハッと我に返り、改めて耳をそばだてた。

「こちらがその〝血みどろ絵〟の、月岡芳年《つきおかよしとし》先生というわけで」

(はあ？　あの人が芳年？)

ならば話は分かる、と今はすっかり得心がいった。

浮世絵の世界に、特に通じているわけではない綾だが、今をときめく〝芳年〟の評判は、人並みに聞こえていたのだ。

月岡芳年、当年二十八。

江戸は新橋丸屋町《しんばしまるやちょう》生まれで、父親は幕府の御家人だった。

幼少で、薬種商《やくしゅ》である叔父の養子となり、親戚の月岡雪斎《せっさい》門下で絵を習い、並々ならぬ画才を見い出された。

十一歳で、当時、人気随一の浮世絵師歌川国芳《うたがわくによし》に師事。

画塾には河鍋暁斎《かわなべきょうさい》など、錚々《そうそう》たる門下生がひしめいていたが、並み居る先輩連をよそに、たちまち頭角を現していく。

昨慶応二年の秋から今年の夏にかけては、兄弟子の落合芳幾《おちあいよしいく》と競作した、錦絵二十八点の揃物《そろいもの》（シリーズ）が、世の中に熱狂を巻き起こしていた。

『英名二十八衆句《えいめいにじゅうはっしゅうく》』と題され、『錦盛堂』から刊行されたが、売りは、今までの浮世絵にはなかった凄まじい残酷描写にある。

歌舞伎や講談から極めつきの〝殺し〟の場面を選び、二人がそれぞれ十四図ずつを、画面に血糊《ちのり》をぶちまける勢いで描き切った。

それは〝残酷絵〟と呼ばれ、この不安な世相にぴったり嵌《は》まったか、さながら人々に血の匂いへの郷愁を呼び覚ましたようだ。

絵はたちまち大評判となり、浮世絵などに何の興味もない連中までを、熱狂させたのだ。

特に残酷度が高かったのは、芳年だった。これまでもそこそこ知られていたが、この夏、その名は江戸中に轟いていたのである。

綾はまだその絵を見てはいない。だがお使い先の両替屋や芸者屋などで、その評判をこれ見よがしに聞かされた。

「とにかく凄えよ、芳年は。血まみれになった男の面《つら》の皮を、あの色男の〝直助権兵衛《なおすけごんべえ》〟が、素手《すで》で剝いでるんだぜ。男の顔はぐちゃぐちゃヌルヌルでもう人間とは思えねえさ。そこを綾さん、是非とも見てみねえ……」

「逆さ吊りにされた裸の女を、刀で吊るし斬りしてる絵も気色《きしょく》悪いねえ。白い肌からヌメヌメと血が滴《したた》るあの感じ、綾さんはどう思う……」

という具合だった。

その話を聞かされただけで、見もしないうちから、お腹がいっぱいという気分になっていたのである。

だがそのうち見たいと思っていた。それを先日の薬研堀といい、今宵の宴席といい、そんな話題の人物に偶然出会えたのは、思いもよらず転がり込んだ果報だった。

「まあまあ、挨拶はこのくらいにして……」

と富五郎が割って入ったところで、女中のお波が先に立ち、お客を二階座敷へと導いた。

・

佐野屋主人のお座敷は、いつも賑やかで楽しいものだったが、この夜はまた格別だった。

呼ばれた二人の芸妓と幇間が座を大いに盛り上げ、笑いを絶やすことがない。唄あり、物真似あり、噂話あり……。

せっかくの好機だった。

もう二度と見られないかもしれぬ〝時の人〟を、よく瞼に焼きつけておこうと、綾はいつになく積極的に手伝って座敷に出入りした。

その都度、正面に座した芳年を、ちらちらと観察した。

(野次馬でも構わないわ)

と思ったのである。

芳年は口数の多いほうではないが、人の気をそらさぬものがあった。

酒がほどよく回ると、芸妓の三味線で〝神田祭り〟のさわりを語って聞かせたりして、花街での遊びには通じているようだ。

この宴席は、『英名二十八衆句』の大当たりを祝う打ち上げで、版元が、絵師芳年を労《ねぎら》う会ではあった。

だが座敷で交わされている会話を、綾が小耳に挟む限りでは、どうやら佐野屋の魂胆は別にあるようだ。

「鉄は熱いうちに……じゃないが、冷めないうちに頼みますよ」

「枚数も増やしましょう、いや、次は単独で……」

つまり、この大当たりに続く〃二匹目の泥鰌《どじょう》〃狙いである。

この絵師に、残酷絵の続編を、今の熱が冷めぬうちに大至急、仕上げてもらいたいと、あの手この手で口説《くど》いているのだ。

しかも次回は、兄弟子の芳幾を外《はず》し芳年の単独の仕事とし、枚数も五十枚に増やして、派手に売り出そうという大企画らしい。

だが絵師のほうはのらりくらりと話をそらして、なかなかはっきりした返事をしない。

その煮え切らなさは、五十枚という大部数もさることながら、共に描いてきた兄弟子を外すのが、道に背くものと懸念してのことらしい。

だが佐野屋は、筋金入りの商売人である。そんな義理や情けや忖度《そんたく》など、歯牙《しが》にかけるはずもない。

〃諾〃の答えを出さぬまま、芳年は芸妓の酌を次々に受けて、気持ちのいいほどの呑みっぷりを見せていた。

そのうち、あまり強くなさそうな佐野屋が、先に茹でたこのような顔になってしまい、宴のお開きを宣言した。客より先に出来上がって、何か粗相があっては大事な企画がフイになる、と案じたのだろう。

普通ならこれから猪牙舟で吉原へ……となるが、芳年は、絵の納期が迫っているということで、二次会を初めから辞退していた。

近々にまた是非……などと挨拶が飛び交った。


ドヤドヤと皆が階下に降りると、二挺の駕籠が外に待っていた。

二人とも近くで、芳年は京橋桶町《きょうばしおけちょう》（八重洲のあたり）、佐野屋は日本橋甚兵衛町だ。

ここで先発を譲り合ったが、結局は、足元のおぼつかぬ佐野屋が駕籠に押し込まれて、先に出発。少しも乱れていない若い芳年が、後になった。

佐野屋を見送って、自分の駕籠に向かう芳年を、たまたまそばにいた綾が、提灯で足元を照らす成り行きになったのだが、

「あのね……」

と駕籠に乗る直前、芳年は綾の顔を見て、出しぬけに言った。

その大きな目が、暗がりの中で綾を射すくめた。

「先程から気になってたんだが、以前どこかで会ってませんか」

「えっ？」

綾は驚いて絶句した。

（まさか、あの薬研堀のこと？）

いや、それはあり得ない。こちらは相手が誰とも知らず、死体を写生する男を呆然と見ていただけ。芳年にしても、全身の力で死体を凝視していて、群衆の一人の自分などを見たはずもない。

「いいえ」

辛《かろ》うじてそう答えたが、驚きで声がかすれた。

「あ、そう、それは失礼……」

と言ってにこりとし、駕籠の中の人となった。

「桶町まで」

という声と共に動きだした駕籠を、放心して見送った。

唐突な質問を受けたことに加えて、芳年を見送るため、自分が近くにいて足元を照らしたことが、何だか出過ぎたことのように思えたのである。

提灯で足元を照らす特権は、お座敷で接待した芸妓に、暗黙のうちにさりげなく譲られるもの。お客の中には、その時に心付けを渡したり手を握ったり、秘密の約束をしたりする人もいるのだ。

しかし成り行きもあり、必ずしも決まったことではない。ただ綾としては、下働きの自分が客に近づこうとしゃしゃり出るのは、恥ずかしいことに思われた。

あの時は、向こうから、偶然を装ってこちらに近づいたように思えるのだが、気のせいだろうか。あの一言を言いたくて、あの人は近づいてきたのではないかしら。

「どうしたんだ、綾、大丈夫か」

富五郎に声をかけられて、綾は、その場に佇んだままの自分に気がついた。珍しく今日の富五郎は、お座敷の最後の方に顔を出し、芳年と酒を酌み交わして歓談し、そのまま見送りに出て来たのである。

「いえ、あの血みどろ絵を描いたのが、あのお方とは、何だか信じられなくて……」

と誤魔化して、綾は富五郎と肩を並べた。

「ははは、人は見かけによらんものだ」

「旦那様は、あのお方の血みどろ絵を、お持ちなんですか？」

と、ふと興味がわいて訊いてみた。

「そりゃ当然、一揃い買わしてもらったさ」

と富五郎は、玄関の外に立ち止まって言った。

「佐野屋への義理もあるし、まずは面白そうだったからね。まあ、絵の素晴らしさには感じ入ったよ」

「あの、すみませんが、ご都合のいい時に、一度見せて頂けませんか」

「え？　いや、それがな」

　と急にバツが悪そうに肩をすくめた。

「内容を聞いて、こいつは面白そうだと思ったんだが、聞くと見るとじゃ大違いでねえ。あの二十八枚を通しで見た晩は、気持ちが悪くて魘《うな》されちまったよ。うん、あれは間違いなく凄い、ははは」

「…………」

「凄すぎてね。手元に置いとくのも気味悪くて気味悪くて。生首や、生皮剝がしの絵がそばにあっちゃ、どうも寝覚めが悪い……てんで、実は、圓朝師匠にやっちまったんだ。あの師匠は、幽霊画だの恐怖絵にかけちゃ、江戸一番の蒐集家《しゅうしゅうか》だからな。あ、この話は佐野屋には内緒だよ」

「…………」

（なんとまあ意気地のないこと！）

　綾は心のうちで毒づいた。

三

（おれは、いつまでたっても苦労知らずの成り上がりだと、佐野屋は思ってるんだろうな）

畳に大の字に寝転がって天井を眺めながら、芳年は思う。

場所は京橋桶町の居宅の、八畳の画室だった。

夕暮れ時になると、得体の知れない憂鬱や、後悔に襲われるのはいつものことである。そんな時には日ごろの鬱屈が、嵐の前の黒雲のようにずんずんと胸に広がって行く。

つい先ほどまでは、畳の上に広げた版下《はんした》用の紙に、覆いかぶさるようになって、一心に絵筆を振るっていたのだが……。

しかし何だか思うように仕事が捗《はかど》らず、少しも進まない。ぐずぐずするうちに、あっという間に画室は夕闇に包まれていた。

（昨夜、篠屋の二階で、酒を過ごしたのがまずかったか）

筆を放って、ゴロリと横になると、そんな後悔に襲われる。

あの宴席では、版元の佐野屋から、あの手この手で次の仕事をせっつかれる羽目になり、その猛攻撃をかわすには酒しかなかった、と芳年は自分を納得させた。

仕事をすぐに引き受けなかったのは、何も勿体《もったい》ぶっているわけでも、苦労知らずでもない。大当たりを取った『英名……』に続く五十枚揃物の残酷絵は、自分の成功を決定づける、大好機になろうとは、充分に承知していた。

「次のお題は『東　錦　浮世稿談《あずまのはなうきよこうだん》』と、もう決めてるんですよ」

とまで佐野屋に言われ、どう逃げればよかったろう。

あの時、佐野屋には、〝兄弟子外し〟を苦にしているかのように胸の内を吐露してみせたが、それは本音ではなかった。

芳年には、先輩だろうが師匠だろうが、蹴落とす時は蹴落とすだけの覚悟はあった。それが出来るものならの話だが。

今、その仕事に踏み出せないのは、これも得体の知れぬ、もやもやとした不安である。『英名……』は興行的には大成功だったが、芳年の得た個人的な感触は、実は〝敗北感〟だったとも言えるのだ。

実は、あれにはお手本があった。

師の国芳が、二十年ほど前に発表した、〝名刀十枚揃え〟とも言うべき、刀をめぐる殺人残酷場面を集めた十枚組である。

佐野屋はこれを元に、残酷度を強調し点数も増やした焼き直し版を、企画した。それが『英名……』だった。

制作に当たって芳年は、師匠のお手本を改めて研究してみた。

『名刀』に出て来る人物が『英名……』でも何人かダブってくるので、思いがけず、師匠との真っ向勝負となってしまう。意図したものではないだけに、この勝負は芳年には辛かった。

何故なら見れば見るほど、自分がとても師匠には及ばないことを、痛感させられたからである。

師匠の作品から伝わってくる主人公の肉体の躍動感や生々しさの迫力は、今の自分の技ではどうしても及ばない域だと。

この問題を残したまま次の仕事に入れば、ただの二番煎じとなり、血糊の量を増しただけの、キワモノに堕《だ》してしまう。

それを思うと、この仕事を二つ返事で受けるわけにいかなかった。

何とかあの域を超えられる道はないか。

そんなことばかり考えていた先日、薬研堀不動尊で、たまたま斬られたばかりの男の断末魔の現場に出くわした。何かの手がかりになるかもしれぬ、ととっさに人目も憚らずに筆写してみたが……。

折あらば、いつでも機を逃さずにそうするのだが、なかなか納得のいくものは得られなかった。


その時、玄関で物音がして、ハッと目を見開いた。

あれこれ考えるうち、うたた寝してしまったらしく、いつの間にか室内には真っ暗に闇がおりている。

(おりき……?)

と一瞬思ったが、いや、そうじゃないとすぐに思い直す。

「ただいま」

という声の主は、内弟子の年秀《としひで》で、紙の手配で京橋の紙問屋まで使いに出していたのである。

「おう、ご苦労さん」

と芳年は声をかけ、そのままぼんやりしていた。

桶町のこの家には、今は芳年の他には、この若い弟子と、老いた女中しかいない。

おりきは清元《きよもと》の師匠の娘で、すったもんだの末に娶った恋女房だった。だが二年前の夏、一粒種の幼い娘がにわかに高熱を発して死んだことで、すっかり気を病んでしまったのだ。

療養のために浅草の実家に帰ったきり、いまだ戻って来ていない。

芳年も忙しさに紛れて見舞いにも、連れ戻しにも行っていない。

ものぐさも度が過ぎると我ながら思うのだが、何となく、それも悪くないと思わないでもなかった。

(このままでは、離別になってしまいそうだ)

もしそうなれば、溺愛した娘の死も、なかったことにしてしまえそうだ。あれは夢だった……と思える日が、いつか来るかもしれない。

そのくせ戸口に何か物音がすると、

(おりきか……)

といつも思う芳年だった。

四

桶町のその家の前に辿り着いた時、綾は大きく深呼吸した。

あの宴席でここの主人と顔を合わせてから、数日経っている。

気の重いお使いはこれまでも数々あったが、今回も〝すこぶる付き〟の一つだった。

富五郎が、何やら曰《いわ》くありげな風呂敷包を抱えて、駕籠でひょっこり帰って来たのは昨日の夕方だった。

それから帳場でお簾とヒソヒソ話し込んでいたが、そのうち、

「おーい、綾はいないか」

と富五郎のお呼びである。

何ごとかと緊張して顔を出すと、富五郎は、先ほど抱えて来た更紗《さらさ》の風呂敷包みに目をやりながら、言った。

「実はな、明日でいいが、大事な使いを頼みたいのだ」

「はい」

「それがちとワケありでな、内聞に済ませなければならん話だ」

と少し声をひそめるようにして、話すには——。

篠屋の大事な客である、さる御大身の殿様から先日お呼びが掛かった。

桜田門の御屋敷まで出向いた富五郎の前に差し出されたのが、この風呂敷の一品だったという。

中身はといえば、六年前に亡くなった浮世絵師歌川国芳の手になる、肉筆の枕絵（春画）だった。巻物仕立てで、男女の様々な絡みが描かれた十二点が収められているとのこと。

先代だか先先代が手に入れて、秘蔵してきた〝家宝〟だが、最近、奥方には内緒で火急に金が必要となったのだという。

ついてはこれが果たして本当に国芳筆のものかどうか、その真贋《しんがん》を、しかるべき人物に鑑定してもらえないか。

……というのが富五郎への相談の趣旨だった。

「殿様としては、何しろ物が物だけに、売り買いが表に出ることを避けたいわけだ。だがその前に、これが偽物だったら、そんな物をつかまされたご先祖が大恥をかくことになる。……というような事情で、極秘のうちに、絶対に間違いのない鑑定をしてほしいと仰せつかったのだ」

富五郎は腕を組み、苦い顔をしている。

「しかしねえ。これはちと厄介だ」

名のある浮世絵師の肉筆画と称されるものは、大半が贋作《がんさく》だというくらいのことは、門外漢の綾でさえ知っていた。

「鑑定してもらったところで、およその結果は知れている。といってお断りするわけにもいかんでなあ」

このあたりで綾は、嫌な予感がし始めた。主人が何を言わんとしているか察しがついたのだ。

「旦那様、絶対に間違いない鑑定といいますと……」

「そう、言わずと知れたこと、国芳門下のお弟子しかおらん」

富五郎の目が綾に注がれ、そこで目が合った。

月岡芳年の名前が互いの目に読み取れた。

「今のお弟子の筆頭格といえば、あのお方しかおらんじゃないか」

(またあのお方にお会いするのか)

興味津々《しんしん》ではあったが、あの目にまた射すくめられるかと思うとゾッとするような、いささか複雑な気分だった。

「この話はもう、佐野屋を通じて先方に伝わっておるから、安心しろ。あんたはこれを持って、訪ねていけばいいだけだ。忙しいお方だから、見てくれるかどうかは分からんが……」

「ごめんくださいませ」

と綾は呼ばわった。枝折《しお》り戸《ど》を開けて狭い庭に入り、庭石を三つ四つ踏んで、表戸の前に立っていた。

芳年宅は意外に小体《こてい》で、庭もこれといって趣《おもむき》もない。

すでに聞かされていたらしく女中がすぐに出て来て、篠屋と名乗ると、来客用らしい玄関脇の小部屋に通された。

静かだった。芳年はおそらく画室で、阿修羅《あしゅら》のごとくに髪を振り乱し、仕事に没頭しているだろう。

待たされるのを覚悟し、綾はいま通ってきた道を思い返す。

濠に沿った通りには、静かな街並みが続いており、その中に〝千葉道場〟があるのを発見して、心ときめいたのだ。帰りに覗いてみようか、などと思っていると、思いがけずすぐ足音がした。

「やあ、いらっしゃい」

現れた芳年は髪を乱してもおらず、紺の股引きの上に尻からげしていたらしい小袖も、きちんと裾を下ろしていた。

先日はすっかり世話になった……と愛想よく言ったものの、

「じゃ……早速だけど、ちょっと見せて頂きますかね」

と綾が自己紹介する間もなく、手を差し出した。その大きな目には、これから見るものへの好奇心が溢れていたのである。

見て貰えることに綾はほっとし、後生大事に抱えて来た風呂敷から、巻物の入った桐箱を出して、相手の目の前に置いた。芳年はその箱から無造作に巻物を出し、いきなりするすると広げた。

十二枚の春画は〝巻物仕立て〟になっていて、左手で開いて右手で巻き取っていく。基本的に一人で娯《たの》しむことを前提に、自分の肩幅の広さに開いて、少しずつ手繰《たぐ》って見ていくものなのだ。

向かいに座る綾からは、その全容は見えなかった。

だがそこに畏《かしこ》まっていると、一枚め、二枚めと進むたび、目もあやな極彩色が目前にちらつき、そこに繰り広げられる男女の秘め事は生々しく伝わってくる。

上質な絵具で、細部まで緻密に描き込まれているのは、この種の絵には、乏しい閲覧経験しかない綾にも分かる。そこらの巷の絵とは、質が違うのではないかと。

綾は目のやり場に困り、咳一つにも気を使った。

初めは機械的に巻物を進めていた芳年も、三枚目あたりから急に態度が改まり、一点ごとに目を凝らすようになった。

物も言わず、大きな目で男女の絡みあう姿態をじっと覗き込み、また放心したように目を浮かして、物思いに耽った。

十二枚の絵の主人公は、歌舞伎役者ふうの色男と、商家で手塩にかけられて育った器量良しのおぼこ娘……というような見立てだった。

この男女が時には全裸で、時には下帯が解けかかったようなしどけない半裸で、淫らに絡み合う。

息を呑むような、緊迫した時が流れた。

巻物をすっかり見終わるまで、どのくらい時間が経っただろう。

途中で老女が茶を運んで来たが、二人とも手も出さなかった。

「いや、驚きました」

ようやく芳年は口を開いて、冷めた茶を一口啜った。

「師匠の国芳は、枕絵も何枚か描いてますがね。そのほとんどは出版用の版下絵です。肉筆画というのは、うーん、私は見た覚えがない。で、どうせチャチな偽物だろうと舐めていたんだが、いや、これはなかなかのものです」

と残りの茶を啜り、興奮したように続けた。

「しかし、だからといって、本当に師匠の作かどうか、今は何とも言えませんね。肉筆画と錦絵の版下絵では、筆遣いが微妙に違うんで。どこぞの御大身の秘蔵品とあっては、この芳年が、いい加減な見立てをするわけには参らん、もう少し時間をかけて調べないと……」

「はい、それは言われております」

綾は頷いて言った。

「で、どのくらいのお日にちが……?」

「いや、二、三日で結構です。借用書を出すんで、御主人殿に渡してください。調べが終わったら、こちらから報告に上がります」

初めからそのつもりで用意していたらしく、芳年は懐から、署名済みの借用書を取り出して、綾に渡した。

「ああ、あんた、名前はなんといわれる?」

と初めて思い出したように綾を見つめ、訊ねた。

「綾と申します」

「綾さん……か。先日は、不躾《ぶしつけ》なことを訊いたようで失礼しました」

「あら、そんな……」

「いや、他意はござらんよ。ただ酒や料理の世話で、座敷に入るたび、チラリチラリとこちらを見てるんで、もしかしたら前にどこかで会ったのかなと……」

「あっ、まあ、すみません」

と綾は真っ赤になって弁解した。そんな些細なところまで、この絵師に気づかれていたとは、思いも寄らなかった。

「いえ、私も、他意なんかございません。ただの不躾な好奇心で……」

「ははは、分かった分かった、そう気にせんでください」

と芳年は笑って手を振った。

五

「師匠、師匠……」

誰かが自分を呼んでいた。

「何だって灯りをおつけにならんので？」

画室の外から声を掛けているのは、内弟子の年秀だった。芳年は慌てて飛び起きた。

室内は真っ暗で、火鉢の火も消えている。

「おお、すまん」

今日の午下《ひるさが》りに、あの篠屋の女中が持ち込んで来た春画の件で、すっかり心がかき乱されていた。嵐に巻き込まれた舟に揺られているようで、それ以後は仕事が手につかなかった。

ごろりと横になって思いに耽るうち、つい夢の世界に引き込まれていったのだ。

「うたた寝は、風邪をひきますよ」

などと言いつつ弟子が行燈に火を入れる間に、芳年はそこらを取り片付け、明日の仕事の段取りを指示した。

今夜はこれ以上、絵筆をとる気にはなれない。

年秀が火鉢の火を掻き熾して出て行くと、のろのろ立ち上がり、預かったまま放っていたあの桐箱を、灯りの下まで持って行く。

巻物を広げ、目の眩む思いを抑え込みつつ、描かれた肉筆画を一点ずつ仔細に点検して行く。

確かにどの絵も、師匠の筆遣いを、細部までよく捉えている。

その構図、男女の肉体が絡み合う生々しい躍動感。

何枚かの絵の片隅には、猫が描かれており、異常な猫好きだった師匠を彷彿《ほうふつ》させ、なかなか気が利いている。だが……。

（これは師匠の筆ではない！）

なぜならば……と芳年は絵の前で腕を組みなおして、先ほどの長い回想にまたしても溺れそうになる。

（なぜなら、おれはこの枕絵に描かれた女を知っている）

そして、これを描いたのが誰であるかも、察しがついていた。

ここに描かれた女を、修行時代の素材として余すところなく描き尽くし、写生の技を磨きたてたのは、自分以外にはあの男しかいない。

今日、初めてあの絵を見せられた時、思わず我が目を疑った。

その大きな形のよい乳房、尻から太ももへの優美な曲線、臍《へそ》の脇にある大きな黒子《ほくろ》……。

今生《こんじょう》ではもうまみえることもないと思っていた〝あの女〟が、眼前の絵から生々しく浮かび上がってきたのである。

今こうして仄かな行燈の灯の下で眺めると、女の姿はさらに艶めかしく、甘い芳香を放つように芳年を魅惑した。


芳年が十六歳だったその年。国芳門下に入って数年経ち、ようやくこの世界の勝手が分かってきたころだ。

師匠が門下生一同を集め、突然、ある弟子の破門を告げたのである。名は芳辰《よしたつ》といい、二十二歳。弟子の中でも筆頭格であり、師匠の信頼も篤く、後輩には面倒見のいい先輩だった。

破門の理由については、何故かいっさい告げられなかった。

芳年には寝耳に水で、たぶん誰よりも衝撃を受けただろう。

我《が》が強く競争心むき出しの門下生に揉まれて、悪戦苦闘する芳年に、いつもそれとなく救いの手を差し伸べてくれた、頼もしい先輩である。

そればかりか、芳年の画才を深く見抜き、自分のことはさて置いても、画業に役立ちそうなことなら大抵は便宜を図ってくれた。

その最たるものが、この枕絵の女〝おりょう〟だったのだ。

実はそのころ、芳年は美人画が苦手だった。

まだ経験が乏しいこともあり、女性をただの素材と見ることが出来ないでいた。見かねた先輩は、少ししゃくれた顔に笑みを浮かべ、

「俺んところに来いよ、一緒に描こう」

と得難い誘いをかけてくれた。芳辰には、以前から写生の素材として頼んでいる女がいるので、一緒に描こうと申し出てくれたのだ。

すでに内弟子を卒業した芳辰は、下谷《したや》の長屋に住んでいた。そのむさ苦しく薄暗い一室で、芳年は初めておりょうを紹介された。

歳のころは十八、九か。美人というのではないが、肌が抜けるように白く、不思議に色気のある女だった。

上野《うえの》の水茶屋の看板娘と聞いた。

先輩とはどういう仲だったのかはよく訊かなかったが、芳年はこの絶好の機会を摑んで、夢中になって描きまくった。

見た目はほっそりしているおりょうの体は、着物を脱ぐと意外に肉付きが良かった。写生されることに馴れているらしく、注文されると恥ずかしがるふうもなく大胆な姿態をとる。

男の視線を浴びると、生き生きと息づくような印象があった。

芳年としても、白昼堂々、このように女の裸体と向き合うのは初めてである。最初は絵筆の運びもおぼつかなかったが、そこは幼少から神童と言われただけに、だんだんと呼吸を摑んだ。

そのうち女体をじっと覗き込んでから、すばやい筆遣いで素描《そびょう》することが、楽に出来るようになっていく。

描き終わって先輩と互いの素描を見せ合うと、芳辰は、うーんと感嘆の声を上げ、絶句するようになった。

こうして月に一、二度、下谷の長屋でおりょうの素描会が続けられ、芳年は美人画の分野でも、めきめき腕を上げ、師匠を驚かせた。

そんな折も折、芳辰が破門宣告を受けたのである。

そういえばその十日ほど、工房に姿を見せていないのは気づいていたのだ。芳年は、すぐに下谷のあの長屋に駆けつけた。

だがすでに引き払われており、大家によれば急なことで、夜逃げ同然だったそうで、転居先も聞いていないという。

おりょうに訊けば分かると思い、上野の黒門《くろもん》町《ちょう》入り口にあるという水茶屋まで足を運んだ。ところが行ってみると黒門町には東と西があり、そのどちらとも聞いていない。やむなくどちらにも行ってみたが、そんな店はどこにもなかった。

そもそも本当に水茶屋娘だったかどうかも、定かではない。

結局、芳辰の行方を探る手掛かりは、切れてしまったのである。

当然この件について、弟子の間で様々な噂が飛び交った。

金銭には至って大まかな師匠の金を使い込んだ……。懇《ねんご》ろにしていた女と駆け落ちした……等々、まことしやかな解説を幾つも耳にしたが、芳年はいっさい信じなかった。

あのしゃくれた顔によく恥ずかしげな笑みを浮かべる先輩に、それはない、と確信していたのだ。


それから十二年後のこの日――。

はからずも芳年は、心揺さぶられ続けたこの十二年を、一足で跨ぐような経験をしたのである。

師匠の肉筆とされる謎の枕絵を見て、一目で〝贋作〟と見抜いた。

（これを描いたのは、芳辰しかいない！）

それこそが芳辰先輩に降りかかった、突然の破門の真相だった。

その証拠は、今まさに自分の目の前にある。その鑑定役が、弟子《でし》の自分に回ってきたことは、運命の皮肉というべきだろう。

それにしても芳辰は何故、あれほど信頼されていた師匠を裏切って、このような贋作づくりに走ったのか。

芳辰の名を高らしめる画才は、充分にあったのに。

(いったい何故だ?)

目の眩《くら》むようなこの問いが、芳年を締めつけた。

腕を組んで、行燈のほの灯りの中で妖しい枕絵を見るうち、絵の中の女が挑んでくるようで、胸苦しかった。

その裸体については、芳年は隅々まで知り尽くしたつもりだったが、これこそ〝絵に描いた餅〟。その中身については何も知らぬまま、敬愛する先輩を裏切ることはなかったのだ。

贋作か否かの謎はすぐに解けた。

だが、続く第二の謎をどう解くか。

その答えを見つけなければ、とても仕事に集中出来そうにない。

手を尽くせば、何かしら追えるはずだ。この枕絵が自分の手にある三日間で、自分なりに先輩の足跡を辿ってみてはどうか……。

それこそが、運命が定めた鑑定人の務めではないか。そう思うに至ったが、どうも先輩は、あの女に惑わされたような気がしてならない。

六

柳島《やなぎしま》の〝妙見堂《みようけんどう》〟は、本所の東を流れる横十間川《よこじつけんがわ》と、北十間川《きたじつけんがわ》とが交錯する岸辺にある。

柳島は田んぼと森と川に囲まれた、美しくも鄙《ひな》びた村だが、今日も昼前から参拝客がぞろぞろと行き交って、参道は大賑わいだった。

〝妙見様〟と親しまれる御本尊、〝妙見大菩薩〟に願掛けすれば霊験《れいげん》あらたかだと、江戸では大人気の名所である。

有名な信者には、浮世絵師の葛飾北斎《かつしかほくさい》がいる。

行き詰まって絵筆を折ろうとした北斎が、妙見様に二十一日の願掛けをし、満願の日の帰りに落雷を受けて失神。それから飛躍的に絵が描けるようになり、めきめき頭角を現すようになったという。

歌舞伎役者の中村仲蔵《なかむらなかぞう》が、『仮名手本忠臣蔵《かなでほんちゅうしんぐら》』五段に登場する〝定九郎《さだくろう》〟の人物像が摑めず、妙見様に日参して満願の日、ある啓示を受けた。その通りに演じたところ、大喝采を浴びたという話も有名である。

だがこの日、月岡芳年がはるばる柳島まで舟を漕がせて来たのは、妙見様のお参りのためではない。

妙見堂にほど近い閑静な一角にひっそりとある、さる人物の隠居所を訪ねて来たのである。

伝馬町に大店《おおだな》を構える木綿問屋『美濃屋《みのや》』の先代、次郎兵衛《じろべえ》。それが芳年がこれから会おうとしているご隠居だ。

本業でもその名は響いていたが、一方で、書画骨董に通じた趣味人であり、特に浮世絵の蒐集家としてこの世界で知らぬ者はいない。

とりわけ国芳が大の御贔屓で、『水滸伝《すいこでん》』で飛躍する前の国芳の、長い不遇時代を陰ながら支えて、一門との縁は深かった。

当地に隠居したのは、七、八年前で、長く連れ添った女房が亡くなったのを機に、美濃屋を長男に継がせてからのこと。

妾とも女中ともつかぬ、自分の娘より年若い美女と同居して、趣味三昧の生活を送っているとは、以前から芳年の耳にも届いている。

ただ国芳門下では最も若輩だったから、美濃屋とは言葉を交わしたこともない。師匠の葬儀の時に、遠くから仰ぎ見て、

（あれが美濃屋か）

と思ったぐらいの記憶しかなかった。


隠居所は柳島橋を渡って、妙見堂の裏手の静かな田園地帯にある。

場所はすぐに分かったが、さすがの芳年もしばしためらった。

だが事前に、版元の佐野屋に仲介の労を取ってもらっており、今日の訪問は、相手の承諾を得ているのである。

意を決して玄関先で声を上げると、すぐに若い女が出て来た。

「お出でなさいまし。茶室の方でお待ちしております」

と先に立って歩き出す。

噂通りの美女で、地味な茶褐色の大島紬《つむぎ》をさらりと纏い、この寒い季節に素足で下駄をつっかけている。三十前後だが、地味な装いから色香が匂いたち、もしかした

ら柳橋あたりの芸妓だったか、と芳年は想像してみる。

冬枯れてはいるが、南天《なんてん》や山茶花《さざんか》などが華やかに配された行き届いた庭を通って、奥まった茶室に案内された。

縁側に腰を下ろして待ち受けていた主人は、にこやかに立ち上がり、満面の笑みで迎えてくれた。

「やあ、月岡芳年ともあろうお方が、こんな草深い田舎まで、ようこそお出で下された」

師匠より年上のはずだから、もう七十の坂はとうに越えているだろう。だが髪こそ白いものの、血色がよく、その堂々とした体つき顔つきは、とてもそんな歳を感じさせない。

「いや、このたびの『英名』には驚かされましたよ。見事の一語に尽きる。師匠が生きていたら、どんなに喜んだことか」

と挨拶もそこそこに、いきなり〝血みどろ絵〟を褒めてくれたのである。お世辞を言う人ではない。

世代もはるかに上だし、おそらく不快に思われているだろうと案じていた芳年は、素直に嬉しかった。

「有難うございます。しかしいささかケレンが過ぎました」

と謙遜気味に応じると、

「それは違います」

と間髪《かんはつ》入れずに、鋭い言葉が返ってきた。

「浮世絵は、美だけ描くものではない。浮世の毒もまた、描き尽くさなければならんのです。それを昨今の絵師たちは心得ず、いい加減に誤魔化《ごまか》して、美しいもの描きやすいものばかり、描きたがる。そんな中で、よくぞあそこまで頑張った。毒があってこそ、本物の浮世絵師というものでしょう」

芳年はびっくりした。まさかこのご隠居に、褒められるとは思っていなかったのだ。

「ああ、いかんいかん。久しぶりに浮世絵の話になったんで、つい……」

と美濃屋は照れたように笑って呟いた。

「まずは中でゆっくりくつろがれよ。一服いかがです」

六畳ほどの茶室に通され、隅の茶道具に向かうと、美濃屋はおもむろに一服の茶を点ててくれた。

時々、茶店で呑む抹茶とは、比較にならぬほど美味《うま》かった。

「……さて、伺いましょうか」

芳年が美味そうに音を立てて飲み干終えると、茶碗を片づけながら美濃屋は言った。

「はい、実はこれを見て頂きたくて……」

と芳年は大事に携えてきた桐箱から、例の巻物を取り出して渡す。

「ほう、巻物ですか、枕絵ですな」

美濃屋はスルスルと畳の上に広げて行く。その手馴れた様子は、どれだけ多くのこうした秘め絵を見てきたことか、と思わせる。

「………」

無言のまま一枚一枚を丁寧に改め、十二枚目を巻き終えて、

「これは芳辰だな」

と一言呟いた。

芳年は思わず大きな目をみはり、相手の顔を見た。これを一目で見抜くとは、どういう眼力だろう。

「以前に、ご覧になったことがおありですか」

と思わず失礼なことを口走った。

「いや、見るのは初めてです。話には聞いていたんだが……これは一体、どこから出て来たものなんで?」

「なんでも、さる旗本の家に先代から伝わったものとか。人を介して、師匠の直筆かどうか、鑑定を頼まれたんですよ。で、ここはまず、美濃屋さんにお目通しを願いたくて、こうしてお邪魔した次第です」

「なるほど」

と相手は頷いて、巻物を閉じた。

「国芳の肉筆画はあまり多くはないですが、たしかにこれは筆遣いをよく捉えてますね。ですが所詮、真似は真似です。師匠が描くところの、画面から飛び出して来そうなあの迫力は、ここにはない。形は似せられても、そこが違いますわ」

芳年は頷き、単刀直入に言った。

「芳辰先輩が破門になったのは、これが原因だったんでしょうか？」

「ああ、その件で、私も師匠から相談を受けましたよ」

と美濃屋は、白いものの混じった太い眉をあげた。

どこかの絵草紙屋から、こんなものがあると巻物を見せられた時、国芳の衝撃は大変なものだったという。

もちろん一目見れば、芳辰の筆だと、師匠には分かった。

信頼していた愛弟子《まなでし》が、事もあろうにこんな枕絵の贋作をし、闇市場で金に代えていたとは、どういう魂胆があったろうと。

「ともあれ芳辰を呼びつけて事情を聞く場に、このわたしも呼ばれたんですわ。もっとも師匠は、自分が描いたわけでもない春画を恥じ、見せてくれなかったですが」

「…………」

「やっこさんは、真っ青な顔で震えておったですねえ。だがいつかはバレると覚悟はしていたらしい。ええ、土下座してましたよ」

申し訳ございません、どうか破門してください、とそればかり繰り返していたという。

なぜこんな事をしでかしたかと、国芳は何度も問いただしたが、口を濁すばかりではっきりしたことを言おうとしない。

そこで美濃屋が、横から一喝を入れた。

「事情がはっきりしないと、破門宣告も下せない。ここまで師匠を苦しめておいて、今さら何を躊躇《ためら》うのだ。もう恥も外聞もありゃしない、潔《いさぎよ》く腹を決めたらどうだ……とね」

これに芳辰はすっかり観念し、口を開き始めたという。

七

原因は、やはりあの女、おりょうだった。

芳辰はおりょうに惚れていた。女房にしたいと願ったが、女は気のあるそぶりを見せながらも、煮えきらない。挙句に親の借金があって、自分の身は自由にならないなどと言い出す始末だった。

「自分が金を作ればいいんだ」

と思い詰め、以前から付き合いのあった評判の悪い浅草の絵草紙屋に相談を持ちかけ、この贋作作りを始めたのだという。

だが最初の一揃いを作ったところで怖くなり、手を引こうとしたが、この連中が金蔓《かねづる》を簡単に手放すわけもない。あの手この手で脅され、結局はこの十二枚揃いを五部作ったところで、悪事が露見した。

あろうことかおりょうには、〝悪足《わるあし》〟と呼ばれるたちの悪い情夫がついていて、芳辰が必死で貢いだ金は、その男との遊興費に蕩尽《とうじん》されていたのも発覚したのである。

「師匠は人情家ですからね。芳辰に同情し、許したかったんですよ。だがわたしが止めた。五部の贋作の、あと四部はどこかにあるわけだ。それがまた明るみに出て、芳辰がお白州《しらす》に引き出されでもしたら、一門は信用を失います。それより江戸から所払いさせた方がいい」

そこで美濃屋が上方の版元に紹介状を書いてやり、路銀も持たせて、江戸から送り出してしまった。それが顛末だという。

「………」

「怖いもんですな。蔵に秘蔵されていたその一揃いが、こうして十二年経って世に出て来る。五十年、百年後に出てくるものあるでしょう」

美濃屋の言葉に、芳年は胸が押し潰され、言葉も出ない。

瞼に思い浮かぶのは、しゃくれた顔に困ったような笑みを浮かべた、あの先輩の顔、そして絵の中の女の挑むような流し目である。

「しかし」

と芳年はやっと口を開いた。

「贋作とはいえこれだけの絵です。百年経って出て来たら、本物に成り代わってしまいませんかね。その時代にも、美濃屋さんみたいな眼力ある鑑定家がいれば別ですが……」

（先輩は、いつか〝国芳〟と呼ばれたかったのではないか）

という言葉を飲み込んだ。

「いや、よく分かります。ただ、師匠さえ同情したほど、芳辰も気の毒な状態だったんですな」

芳年の気分を察したものか、美濃屋が淡々と言った。遠くで妙見堂のある法性寺《ほっしょうじ》の鐘が鳴りだした。

美濃屋は鐘の音を数えるように少し沈黙して、続ける。

「あのころ国芳一門には、〝月岡芳年〟のような若い弟子が、すでに頭角を現していた。芳辰も才のない絵師じゃない。弟弟子の画才が、自分には到底及びもつかぬものと、見抜いていたでしょう。ああ、お茶をもう一杯いかがです？」

「いや、どうかお構いなく……」

「では煎茶をいれましょう」

と気軽に茶道具の前に立って行き、手早く茶の支度を始める。

「……惚れた女にも見限られそうで、焦っていたんですよ。いやしくも一門では筆頭格だ、世にも知られた名のある絵師です。写生の素材にしていた水茶屋娘ぐらいは、我が物にしたかったでしょう。芳辰は我を忘れて禁断の筆を取った……というようなことですかね」

言いながら、いい色に出た煎茶を勧めてくれた。

「…………」

芳年は一礼して茶を啜り、しばし沈黙してから言った。

「で、その後の消息はどうなっていますか？」

「それが分からんので。何の音沙汰もないのです。上方《かみがた》に着いたのは確かだが、生きているのか死んでいるのか」

美濃屋は思いに耽るように、ゆっくりと茶を啜った。

「ところで……」

とふと思いついたように言った。

「この巻物はどうなりますかね」

「は？」

「いや、これが国芳筆ではないと鑑定されれば、その御旗本も、売りには出せますまい。しかし金は必要でしょう。師匠にそれほど惚れ込んでくれたお方のご子息とあれば……。出来るなら、こちらでしかるべき金子《きんす》で買い取れないかと。せめて手元に置いて芳辰を偲《しの》ぶのも、最後まで心配していた師匠への功徳《くどく》にもなるでしょう」

「はあ、それは素晴らしい」

芳年は感嘆した。粋人《すいじん》とはこういう人のことだろう。

「ただ、どのくらいの金子になりますか」

「切餅一つ……」

「ほう」

切餅とは、二十五両のこと。贋作に支払うには破格ではないか。

さすがに、何とも捌《さば》けた人物である。

「分かりました。それなら御旗本も渡りに船でしょう。さっそくにも、間に立っている人間に、話を通しましょう」

カラスが外で、鳴き騒いでいた。

すっかり長居をしてしまった。これから近くの料理屋で酒でも……と美濃屋は誘ってくれたが、芳年は硬く固辞して腰を上げかけた。

その時、ふと思いついて、訊いてみた。

「ところで、あの先輩が惚れていたという女ですが、その後、どうなりました？」

「さあて、こんな田舎におりますと、何ごとも疎くなってねえ。……ああ、そういえば何年か前に、どこかの絵双紙屋《えぞうしや》から、チラと噂を聞いたことがありますよ」

と美濃屋は首を傾げて言った。

「そのおりょうとかいう女は、日本橋の呉服屋の後妻に入ったと聞いたかな。それから死んだんだったか、家を出たんだったか……。その後のことはどうもはっきりしませんわ」

隠居所を出てから、芳年は思いに沈んで、帰路を辿った。さすがに午後も遅くなると、妙見様の人出も、だいぶまばらになっていた。

ようやく身にしみて分かったことがある。

思えばあの女は、たしかに芳年に色目を使っていたのだ。

だが何しろ〝兄弟子の女〟と思い込んでいたから、いっさい反応しなかった。そもそも絵を描いていると、あらゆる雑念は消え、ひどく不粋な男に変身してしまうところがある。

これまで付き合った女から、〝冷たいひと〟と言われたことも何度かあった。女房が実家に戻ったきり帰らないのも、そこに一因があると思わないでもない。

迎えに行ってやればいいのに、それもしない自分なのだ。

もしかしたらおりょうは苛立ち、献身的な芳辰に対し、その画才や稼ぎの無さや人の良さに、聞き苦しい罵言《ばげん》を浴びせかけ、絵師の誇りを貶《おとし》めたかもしれない。

先輩はそれに耐えられなかっただろう。

(自分が、この芳年が、兄弟子を滅ぼしたか……)

そう思い到ると、抱えている荷物がにわかに重く感じられてくる。

舟に乗る前に、この境内の茶店で少し休んで行こうと思った。

茶店の前の縁台に空きを見つけて腰を下ろし、茶を一杯所望《しょもう》する。

目の前を通り過ぎていく参拝客に虚《うつ》ろな目を向けつつ、やみくもに茶を啜った。あらためて美濃屋の言葉が脳裏に甦ってくる。

中で胸に突き刺さった一言は、

「いくら上手くても、真似は真似だ」

先輩に向けられたその言葉は、『英名』で成功した自分にも、向けられるかもしれない。思えば自分の作品だって、まだまだ師匠の真似に過ぎないのだ。

気が萎えて、地べたに座り込みたいような疲労感を覚えた。

その時、目の前を、着飾った女ばかりの一行が、談笑しながら通り過ぎて行く。大店のお内儀ふうの女と、お付きの女中が三人ばかり。

見るともなく見たそのお内儀の横顔に、芳年は凍りついた。その昔、芳辰と競い合って、夢中で素描した女の面影をそこに見たのだ。

(おりょう?)

ハッとして立ち上がった。

流し目が得意な切れ長な目、白く細いうなじ、緩やかにはだけた胸元から覗く真っ白な肌、ふくよかな胸……すべて知っていた。

そうだ、自分もおりょうが好きだったと初めて認めた。だがその想いを抑えて抑えて、あそこまで描ききったのだ。

(妙見様のお引き合わせか)

と胸の中で思いつつ、一行を追いかけた。

だがどうしたのだろう。

つい今しがた、目の前を賑やかに談笑しつつ通り過ぎた女は、いつの間に降りた暮色に包まれて、どこにも見当たらない。

白い美しい幻が、スッと目の前をよぎっただけ?

芳年は、もう人影もまばらな境内に茫然と立ち竦んだ。

今夜は、これから篠屋に向かい、綾という女中に会うつもりでいた。気の重い荷物を渡してせいせいしてから、一杯呑まして、先日の行き掛かりを揶揄《からか》ってやろうと。

だが今は気が変わっていた。今夜は吉原だ。そこで倒れるほど酒を呑んで、女を抱きたいと思った。

維新を経て、月岡芳年の人気はさらに高まった。

血みどろ絵の数々は、新時代に入ってもさらに磨きがかかり、芳年は〝最後の浮世絵師〟と称された。

第四話　うつろ舟

一

カタカタカタ……と、柳橋を駆けて来る足音がする。

まるで追い立てられるように先頭を走って来るのが、医師の手塚良仙《てづかりようせん》だ。

そのすぐ後を、若い弟子と船頭の竜太が追って来る。

「先生、ここですよう」

船着場で、弥助《やすけ》が手を振った。

良仙は橋を下り、息を切らして駆け寄ってきた。

「……や、病人はどこだ？」

先生、船着場で人が死にかけてる……と竜太に呼ばれ、呑みかけの盃を置いて飛んで来たのである。

「こちらでございます」

と横から女の声がした。

篠屋の女中の綾で、その指差す船着場には古びた屋根船が、まるで幽霊船のように揺れていた。良仙はチラと見て言った。

「ああ、綾さん。あの船は篠屋《おたく》の？」

「あ、いえ、先ほどここに流れ着いたそうですよ」

先ほど、竜太が勝手口から飛び込んで来た時、綾は洗い物を終えた手に軟膏《なんこう》を擦り込みつつ、お孝と笑い転げていたところだ。

つい今しがたまでおかみのお簾も厨房にいて、

「今日も暇だねえ。こんなにお天気いいのに！」

と溜息をついてボヤいていたのである。

すると女中のお孝が、

「そりゃ、こんな時ですからねえ。猪牙舟で遊びに行くような能天気なお武家様なんて、いやしませんよ」

と慰めるように言った。

〝こんな時〟とは――。

十五代徳川慶喜《とくがわよしのぶ》が、将軍職を朝廷に返した直後のことである。

『大政奉還《たいせいほうかん》』と難しく言われるが、長いこと天下に号令をかけていた幕府が、〝無くなってしまった〟のだ。

それから一月《ひとつき》、慶応三年（一八六七）も十一月半ばだった。

猪牙舟や遊覧船の客がばったり減ったことで、篠屋は〝大政奉還〟の意味を実感した。この辺りの船宿は軒並み閑古鳥《かんこどり》で、同じ悲哀を味わっている。

とはいえ小春日和《こはるびより》で、ぽかぽか陽気が続いたせいだろう、両国橋袂《たもと》の見世物には黒山の人だかりというから、世の中、分からない。

そんなことを喋っていた時、表玄関に客の声がしたのだ。

「はーい、ただ今」

と今までボヤいていたお簾が、飛び出して行った。

「山谷堀《さんやぼり》まで猪牙舟を。ハイハイ、すぐにご用意致します！」

という声に、二人は顔を見合わせた。

（やっぱりいるんだねえ、能天気なお人は……）

との思いにどちらからともなく吹き出し、笑いが止まらなくなった。

その時、竜太が飛び込みざま叫んだのである。

「綾さん、ちょっと来てよ！」

無人の船が上流から漂って来たので、繋《つな》いでみたら、中に人が倒れてるという。

「おやまあ、そんなん綾さんじゃなく番所にお行きよ」

とお孝が言った。

「いや、番所なんかに運んじゃ、生きてるやつも死んじまう。早く手当てして……」

「手当てだなんて、私は医者じゃないのよ」

と抗《あらが》いつつも、綾はすでに外した襷を掛け直していた。

まだ七つ（四時）前だが、外に出ると日が翳《かげ》っていて、もう日が暮れそうな雲行きだ。

繋がれていたのは小型の古びた屋根船で、そばに弥助がしゃがんで覗き込んでいた。竜太がいなくなった直後に、帰って来たようだ。

簾で仕切られた船房の片側が半ば巻き上げられて、男が倒れているのが見える。そのそばに弥助がしゃがんでいて、男の腕の脈を取ろうとしている。

「あ、触っちゃだめ！」

と綾は叫んでいた。

我ながらギョッとするほどの金切り声だった。

(倒れている人を見たら、むやみに触るな)

という父の言葉が甦《よみがえ》り、訳も分からずさらに叫んだ。

「船を離れて!」

驚いて弥助は飛びのいた。

代わってそこにしゃがみ込んだ綾は、中を覗き、うつ伏せでこちらに首をねじ向けた男の横顔を見た。そのゴツゴツした日焼けした顔の顎《あご》のあたりに、打撲の跡がある。見覚えはないが、身なりからして船頭のようだ。

こけた頬には絶えず痙攣《けいれん》が走り、繰り返し全身が震える。口からは、水様の液体が糸を引いていた。

(疫病《えきびょう》?)

頭の中に火花が散った。船は一体どこから来たのか。こんな時、どうすればいいのか。

「もし、どうしました? 聞こえますか?」

思わず問うと、男は微かに頷いたように見えた。

「この船の船頭さんですね？」

男はまた頷いたようだったから、思わず乗り出して、

「どこが苦しいの、これはどこの船？」

と立て続けに質問を浴びせた。だがもう答はない。

綾はやおら振り向いた。背後には竜太と弥助が、顔を強張《こわば》らせて棒のように立っている。

「ここらで蘭方医といえば、あの両国橋の先生だけかしら？」

「そうすよ、すぐ呼んで来る」

竜太が頷いて、飛び出そうとした。

「あの先生じゃ駄目！　他に誰か……」

「あっ、そうだ、さっき何たら先生が柳橋を渡って行ったぞ」

と不意に弥助が声を上げた。

「えっと、何てったっけな、例の……ほら、ちょいと頼りねえ感じの、三百坂《さんびゃくざか》の先生……」

「あ、三百坂の良仙先生、いま柳橋に見えてるの？」

綾は声を上げ、愁眉《しゅうび》を開いた。

「すぐ呼んで！　あの先生ならたぶん『柏屋《かしわや》』さんにいるわ」

良仙先生は、柏屋の若おかみにぞっこんだという噂なのだ。

「よっしゃ、あの先生ならわしに任せろ」

何度も舟に乗せている竜太は、すでに顔見知りだった。

「早く！」

綾はその後ろ姿を見送って、ホッとした。

飲酒中には断る医者が多い中で、あの先生なら来てくれるだろう、と思えた。どこか飄々《ひょうひょう》としていて、何を言ってもにやにやしていることが多く、頼りない感じはする人だ。

だがあの先生は、患者の身なりなど見ないで診療する、と評判だった。つまり病人が、武士でも町方でも行き倒れの浮浪者でも、同じ患者として扱うのだ。

ただ惜しむらくは、酒と女にだらしない、との評判もある。

綾にしてからが一度、柳橋の欄干に背を持たせ、足を投げ出して酔い潰れている先生を、保護したことがあった。顔を見知っていたから、すぐ篠屋に知らせ、この物騒な江戸の夜に事なきを得たのだ。

蘭方医としての腕もいい……はずである。

手塚良仙、四十二歳。

小石川《こいしかわ》三百坂下に住む蘭方医で、代々、常陸府中藩《ひたちふちゅうはん》の藩医の家系だ。

江戸詰めの藩医の父親に、幼少から医術を学び、二十九で大坂に留学、緒方洪庵《おがたこうあん》の『適塾《てきじゅく》』に学ぶ。この時の塾頭が、福沢諭吉《ふくざわゆきち》だった。

江戸に帰ったのは二年後の安政《あんせい》五年（一八五五）。この年、蘭方医らによって、お玉ケ池《たまがいけ》に種痘所《しゅとうしょ》（東大医学部前身）を設立するという大事業に尽力するためだった。

未だ蘭学（オランダ医学）を認めない幕府の無策ぶりに絶望し、私費を出し合った蘭方医八十三人衆に、良仙も名を連ねたのである。

その実現に奔走した大槻俊斎《おおつきしゅんさい》は、良仙の義弟にあたり、初代頭取となって、医の手塚一族の名を高らしめた。

種痘所はやがて幕府に認められ、公の蘭方医養成機関ともなって、『医学所《いがくしょ》』と改称される。

良仙は目下《もっか》、幕府歩兵所の軍医取締をつとめているが、医学所で開かれる蘭方医の会合には、小まめに顔を出した。そして会がお開きになると、舟で下流の柳橋まで繰り出すのである。

そもそも現頭取の松本良順《まつもとりょうじゅん》が、大の酒好きで、柳橋でよく遊んだ。医師の心身の保養のため、芸妓を上げてのばか騒ぎを、大いに奨励したのである。

良順も良仙も、最後は篠屋あたりで舟を待ちつつ、また呑んだ。

おかげで見送りに出て、提灯で客の足元を照らすだけの綾も、いつの間にか諸先生と顔見知りになっていたのだ。

屈んで船中を覗き込んだ良仙の口から、

「おっ……」

と呻く声が、背後の綾の耳に届いた。

翳り始めた光の中で、良仙は脈を取ろうとして男の腕に触れ、関節のあたりに小さな赤紫色の瘤《こぶ》があるのを見つけたのだ。

もの柔らかな良仙の面長な顔は、石のように固まった。

「この病人に、誰か触れたか？」

「いえ、誰も……」

綾は、思わず声を弾ませる。船には誰も寄せ付けず、台所から船頭の古着を持って来させて、男の体を覆っただけだ。

良仙は頷いて、男に顔を近づける。

「おい、しっかりしろ、今話せるか？」

「…………」

「声が出なかったら、頷くだけでいいぞ」

何を食ったのか、船に誰を乗せていたか、どこから来たか……と問診《もんしん》を試みたが、男は唸るように奇声を発するだけだ。

「先生、こ、これは……」

背後から覗き込んでいる若い弟子が、震え声を上げた。ある疫病の名前が、すでに脳裏をよぎったようだ。

「先生、病は何だ？」

背後からそんな声が飛んだ。振り返ると、いつの間にか人だかりが出来ている。

「流行り病か？」

「まさかこの時節だ、コロリなんてこたァあるめえ」

その声にやおら良仙は立ち上がって、冷静に言った。

「急性の腹下しだ、何か悪いものを食ったようだ」

答を聞いて、野次馬はざわざわと散って行く。

「綾さん、台所から大至急、水と塩を持ってきてくれ、急げ！」

次に若い弟子の島田作次郎《しまださくじろう》に向かって言った。

「ただちに医学所に運ぶ、お前が付き添ってほしい。今日は松本先生がいなさるから、すぐ診て頂くんだ。私はまだ少し用があるから、遅れて追いかける。何としても死なすな」

自分が付き添わなくても、医学所には天下の松本良順がいる。自分は残って、少し調べておこうと思ったのだ。

続いて、そばで呆然と突っ立っている竜太に向かって、

「竜太、お前さんがこの船を漕ぐんだ。なに、すぐ上の和泉橋《いずみばし》までだ。帰りはないが、お代は往復払うよ」

「や、病は、何なんで……？」

そこへ綾が、転がるように戻ってきた。無造作に手桶に組んだ水を手に下げ、塩壺を抱えている。脱水症状が始まった患者に飲ませると、すでに知っていた。

すると良仙は、手早く適量をかき混ぜて患者に飲ませ、残りを島田に渡した。綾と竜太をそばに寄せて円陣を作って、囁くように言った。

「病はコレラだ」

「…………」

引き攣《つ》って、声にならぬ声が上がった。

その三人に、良仙はまるで肝試《きもだめ》しのように強い視線を向けた。

「だが、そばにいるだけじゃ、伝染《うつ》りはせん。ただ、病人の体と汚物には触れるな。それと、絶対に他言はするなよ」

二

二人はおっかなびっくりで船に乗った。

弟子の島田は、簾で覆われた船房には入らず、船首にうずくまった。船頭の竜太は船尾に立って櫓を握り、覚悟を決めたように力強く漕ぎ出して行く。

見送って良仙は、弥助と綾に従《つ》いて、篠屋に向かった。

先に立って案内する綾の脳裏には、十九の年に体験した安政コレラの惨状が、ありあり浮かんでいた。

正体不明の疫病が、あの時、赤坂《あかさか》付近から霊岸島《れいがんじま》周辺に飛び火し、京橋《きようばし》、馬喰町《ばくろちよう》……とみるみる江戸中に広がったのを、思い出す。

当時、綾の住んでいた上野《うえの》界隈には、比較的死者が少なかった。

とはいえ、疫病が猛威を振るう八月にはさすがに恐ろしく、周囲の勧めもあって、佃島《つくだじま》の親戚の家に避難したのである。

まだコレラの病名も定まらず、三日コロリ、即死病などと言われたものだ。この病は狐《きつね》の憑依《ひょうい》と一般に信じられており、佃島でも、病に罹った漁師に、狐落としの儀式が行われたのを憶えている。

狐鎮めに、犬神や狼神に助けを求める治療法もあった。

あれから九年。今は〝虎列剌《コレラ》〟の名が浸透している。だが民間では相変わらずコロリと言われ、有効な治療法は未だにない。

良仙は帳場にお簾を訪ね、事《こと》の次第をありのまま告げた。

「まあ、先生、あたし達、どうすりゃいいんです？　この柳橋に、コロリの噂が立っちゃお終《しま》いですよ！　よりによって、うちの船着場じゃありませんか」

「まずは、噂を広めないことです。今の江戸に、コレラの噂が広まっちゃ、士気がガタ落ちですから。私はそれが心配で、口止めに来たんですよ」

と良仙は日ごろに似ず、真面目に頼み込んだ。

「あら、そう言いなさるけど……」

とお簾が、形相も恐ろしく突っ込んだ。

「でも公《おおやけ》にしない限り、世間の人は何も知らずに、生《なま》ものを食べるでしょ？　皆が予防を心掛けなければ、流行り病いが、もっと拡がっちゃうんじゃないですか？」

「いやいや、誤解しないでください、おかみさん。秘密にはしても、無策じゃない。私これから医学所に行って、すべて報告します」

　良仙は慌てて言い足した。

「ご存知の通り、あそこには松本先生はじめ、優秀な蘭方医が揃ってますからね。その先生方にお任せしますから、大船に乗った気でおいでなさい」

「そうして頂けたら安心だけど」

　とお簾はようやく声を落とし、襟元を直した。

「幸いまだ病いも、世間の噂も、広がってはおらんですからね。その源《みなもと》さえ突き止めれば……」

　と良仙は少し不安げに口を噤《つぐ》んだが、大きく頷いた。

「きっと食い止められますとも」

「食い止めて頂かないと困りますよ！　うちの若い衆で役に立つなら、遠慮なく使ってくださいよ。どうせ今は暇ですしね、ええ、いつもに比べて、このところお客様は半減ですから。そこに疫病が重なったらどうなることやら……」

「分かってますよ、おかみさん。これからおたくの若い衆に、ちと話を聞かせてもらいます」

つい行き掛かりだった。お簾の了解を取ると、台所に下がって弥助を捉まえ、あれこれと問い質《ただ》した。

船はどこから来たと思うか。あの船頭に見覚えはないか。この界隈で、疫病の噂を聞いたことはないか。

「いや、うーん」

弥助は腕を組み、太い濃い眉をひそめて首をひねった。

「船頭組合に知り合いは多いけど、あの顔は見たことねえすよ。それに船は普通、上から来たに決まってまさ、しかし……」

と何か気になるらしい。

弥助は上流の昌平橋《しょうへいばし》まで人を運び、下ろしてから漕ぎ下って、船着場で初めてあの船を見たという。上流から流れて来たなら、どこかですれ違っているはずだ。であれば漕ぎ手のいない船に、目が止まらぬはずがない、というのが弥助の言い分だ。

「だから上流は上流でも、たぶんすぐ近くに繋がれてたんじゃねえかと……。おれが下って来るより少し前に、岸から離れたと考えりゃ、まあ分からねえでもないが」

「なるほど」

良仙は、小さく頷いた。柳橋から上流にかけては、両岸に数多くの船が繋がれている。その一つと考えられないこともない。

「ただあの船……」

とそばにいた綾が遠慮がちに口を挟んだ。

「簾の中を覗いたら、徳利や猪口が転がってましたね」

「ああ、そうだった……」

良仙もそれを見たが、別のことに気を取られて初めて思い出した。

「そうそう、客は二人いたようだな」

「その一人は女性ですね」

と綾は頷いた。

「甘い化粧の匂いが残ってたから」

船房を覗き込んだ時、悪臭に混じって、微かに甘い香りがしたのが印象に残っている。

「ああ、なるほど」

とまた良仙は、頷いた。この時にはもう磯次が帰って来ていて、そばで聞いていた。

「磯さんは、どう思うね。まだ雪もないこんな季節、わざわざ寒い船の中で、誰がしんねり酒を楽しむもんかね」

「ああ、冬の船遊びもおつなもんですよ」

と磯次は苦笑した。

「手前のような無粋者《ぶすいもの》はさっぱりだがね。粋な旦那衆は、寒月《かんげつ》とかいって、冬の凍りつくような月を愛《め》でるんでさ。こんな旦那衆のおかげで、わしらも食っていけるわけで」

「ははあ、そんなもんかね。私なんぞはこたつで、熱燗の口だが」

「しかし月の出にはまだ早い……」

と磯次は外を見る仕草をして言った。

「その船は、正直、別のお楽しみですな」

「そうそう、ぶっちゃけ船饅頭《ふなまんじゅう》とか……」

山谷堀まで客を送った六平太が、いつの間にか帰っていて、背後から口を挟んだ。

〝船饅頭〟といういささか野卑な言葉に、良仙は複雑な顔になった。

それは海浜や川岸で、道行く男に〝寄って行きねえな〟と声をかけ、苫舟《とまぶね》に誘った女郎のこと。中洲を一回りする間の情交で、花代は二十四文から三十二文。舟には大抵、用心棒の船頭が乗り込んでいた。

　女郎には七十過ぎの老女や、梅毒《ばいどく》で足腰立たなくなった夜鷹《よたか》もいたというが、寛政のころにご禁制となった。

「ああ、子どもの時分、日本橋川の暗い橋桁や中洲なんかに、そんな舟が止まっていたようだが。しかし今もあるのかな」

「そりゃ、先生、ありますよ」

　と言ったのは弥助である。

「お上の目を誤魔化すため、手を替え品を替えてね。昔は苫舟だったのが、屋根船になってたり……。こういうものは廃《すた》れません」

「詳しいねえ」

「あ、いやいや、実は古い友人《ダチ》に、そんな闇船を差配する元締がいるんでさ」

「嫌なダチがいるもんだな」

　と呟いたのは磯次である。

「ちょうどいい、お前、そいつに探りを入れてみたらどうだ。最近、行方が分からなくなった船頭がいねえかどうか」

「ああ、それは妙案だ」

と良仙は閃《ひらめ》くものがあったように、頷いた。

「ぜひ、急ぎ、それを頼みたい」

「へい、お安い御用でさ。明日にも行って来まっさ」

「すまないが、頼むよ。ただし、コレラのことはこれだ」

と良仙は唇に指を立てた。

三

半刻（一時間）後、手塚良仙は、和泉橋に近い医学所の一室にいた。

赤い炭火の燃える火鉢を挟んで、松本良順と対座していたが、薄暗い青畳の部屋はしんしんと冷えた。

良順は、良仙より六つ下の三十五歳。医学所頭取として蘭方医療の最前線に立っている。奥医師として将軍の侍医もつとめていた。

実父は、佐倉《さくら》に蘭学塾『順天堂《じゅんてんどう》』を創設した佐藤泰然《さとうたいぜん》。

手塚良仙が『適塾』から、江戸に戻った安政五年。良順は長崎《ながさき》の海軍伝習所《かいぐんでんしゅうじょ》にいて、オランダ人ポンペに蘭方を学んでいた。

そしてこの年、長崎に入港したアメリカ艦ミシシッピ号からコレラが上陸し、千里を駆ける虎のように、日本中に伝播《でんぱ》したのである。

松本自身もこの地で罹患《りかん》し、ポンペの治療を受けた。

この安政コレラは、百万都市の江戸にも襲いかかった。七月から九月にかけての猛暑の中、赤坂辺りから始まって市中に広がる。

江戸だけで三万余名の命を奪ったが、その正確な数字は不明で、一説には患者数二十六万、死者二十一万とも言われる。

かの浮世絵師の安藤広重《あんどうひろしげ》も、この疫病で命を落とした。

手塚良仙がこの医師を尊敬し、頼みに思うのは、良順自らコレラに倒れ、日本でただ一人その治療法を知るポンペによって、奇跡的に生還したこと。そしてその経験をもって、患者の治療に一身を投げ打ってきたことである。

「えらいことになりましたな」

すでに件《くだん》の患者を診た良順は、良仙の顔を見るなり言った。日ごろ感情を顕わにしない穏やかな顔が、今は険しく見えた。

「間違いなくコレラです」

「……助かりますかね」

良仙は乗り出し、なりふり構わぬ一言を口にした。

いま患者を診て来たばかりだったが、どす黒く縮んだ顔は、もう息をするのも苦しげに見えた。

「まずは温浴させ、キニーネを飲ませたんだが」

と良順は腕を組み、眉を寄せた。

「今夜を越せるかどうか……」

自身がキニーネで治ったから、何につけてもキニーネを投与すると評判だが、病状が進んでいれば、キニーネでは治らない。

火箸で炭を整えながら呟く良順の言葉に、良仙は溜息をついた。

「ふーむ、やはり動かさない方がよかったか……」

「しかし、小船に放置するわけにもいきますまい。そういえば……」

良順は顔を上げた。

「発見されたのは、篠屋の船着場だったそうで?」

「そう、野次馬が集まって来て、騒ぎでしたよ」

「噂が広がらなければいいが」

「皆には、腹下しと言っときましたがね。病人はどうやら屋根船の船頭で、船には二人の客がいたようです」

「その二人は？」

「それが分からんのです。発病前にどこかで降ろしたか、それとも船頭の発病を見て、どこかに逃げ散ったか……。船頭の身元も不明で、今のところ手掛かりがない。本人が喋らんことには、伝染経路や拡大の範囲を知りようがありません」

「ふーむ。こんな季節に一体どこから来たものか」

と良順はしきりに首をひねった。

「しかし、弱りましたな、手塚さん。江戸は今、いつ有事が発生するかもしれぬ、危ないご時世です。そこへ疫病とくれば……」

「滅びますぞ、戦わずして」

良仙は頭取の顔を正視して、力を込めた。コレラ防疫の前線には、これ以上頼もしい人物はいないのだ。

「ここは何としても押さえ込んで頂きたい」

安政五年のコレラ流行に、ポンペと共に挑んだばかりではない。

良順が日本語訳した〝ポンペ口述《こうじゅつ》〟は、恐ろしい病いに手探りで立ち向かう、長崎や大坂や江戸の蘭方医たちの、心強い指南書ともなったのである。

「仰る通りです」

良順は大きく頷き、自分に言い聞かせるように呟いた。

「ともかくは、一刻も早い対応が必要だ。私は今日にも井上《いのうえ》奉行に、明日には板倉《いたくら》ご老中と会って、このことを上申しましょう」

板倉勝静《かつきよ》は今の老中首座。

井上信濃守清直《しなののかみきよなお》は、北町奉行である。かつての下田《しもだ》奉行で、時の老中阿部正弘《あべまさひろ》の信任を受け、ハリスとの日米修好条約に調印した、剛直な幕臣だった。

奉行所の協力を取り付け、内密に捜査を進めるためには、まさに願ってもない相手だろう。

「ちなみに手塚さんは、安政コレラを、江戸で迎えたんでしたね」

「そう。ちょうど適塾から戻り、種痘所を立ち上げた直後でしてね。江戸では即死病と言われて、それはもう地獄でしたよ」

早桶《はやおけ》が不足して収容しきれず山積みの死体……、幕府が用意したおたすけ小屋に患者が発生して呼ばれ……。おぞましい記憶が走馬灯《そうまとう》のように甦る。

「しかしわれら医者には、得難い体験となりました」

「その通り……。私の医学仲間に関寛斎《せきかんさい》というツワモノがおりましてね。順天堂を終えて、銚子《ちょうし》で療養所を開いていたが、江戸にコレラが来たと知って、わざわざ江戸まで、見学に来たと」

関寛斎のことは、良仙も聞き及んでいた。

実際には、疫病に侵された江戸に入り、新築成ったばかりの種痘所でコレラの防疫法を学んだ。そして薬を大量に買い込み、多くの情報を得て銚子に帰り、それを活かしてコレラと戦った蘭方医である。

「高名は存じてますよ。銚子に帰ってから、隔離戦術をとって、一人の死者も出さなかったと」

「ご存知でしたね、やっぱり。いやはや見上げた根性です。今時、あんなサムライはなかなかいません」

と良順は声をたてずに笑った。

「島田から報告を聞いて、正直、思いましたよ。先ほど、患者に立ち会ったのが手塚先生で良かったと……。江戸のことは隅々まで知り尽くした江戸っ子で、安政コレラを体験しておられる」

「あ、いやいや……」

「だからこそ申すのだが、この緊急事態を把握し、良きように計らえるのは、手塚先生をおいてはおらんでしょう」

その言葉をこそばゆく思い、良仙は炭火に目を落とした。

(何が言いたい?)

「先生が、超多忙なのは重々承知してますよ。ですが、もう少し、せめてこの初動の時期だけでも、手塚さんのお力をお借り出来ませんか」

(この自分にコレラ防疫の陣頭に立てと?)

思いもよらぬ申し出である。

今の良仙は軍医取締として、歩兵部隊屯所《とんしょ》を統括する身。いつ勃発するか分からぬ有事のために、常に備えなければならなかった。

「しかし……」

医学所には、若くて優秀な医師が大勢いるではないか。

「いや、手塚さん」

良順は見透かしたように、悠揚《ゆうよう》迫らぬ調子を崩さず言った。

「この任務は、決して世間に知られてはならんのです。特に薩長に悟られず、迅速かつ隠密裏に……ここが肝心です」

コレラの蔓延は敵の兵器ともなり、薩長を利するばかりか、双方に多くの死者を出すだろう、と良順は続けた。

「それを踏まえた上で、前線に立てる医師が、他に誰がいますかね。忙しい人物だからこそ出来ることがある」

（これは厄介なことになりそうだ）

と良仙は思いを巡らした。

江戸に種痘所が生まれた年は、働き盛りの三十二歳。同じ蘭方医の父や義弟の燃えるような熱気に巻き込まれ、先頭に押し出されて種痘を広めたのである。

小石川三百坂の自宅をも開放し、子供らに広く種痘を施した。後にそれを知った良順は、手塚一族に敬意を示し、信頼を寄せて来た。

また良順の苦しい胸の内も、よく分かっている。

良順には今、大きな責務がのしかかっていた。いつ上方に呼ばれるかもしれぬ奥医師としての備えと、医学所頭取としての重責だ。

蘭学は、今は横濱《よこはま》から入ってくる最新鋭の英米医学に押され、苦しい立場にあった。そんな良順を補佐する俊英は多かろうが、足を引っ張る勢力も増えている。

この危機を委《ゆだ》ねるには、共に、蘭学の旗を掲げて戦ってきた経験豊かな良仙が、誰より信頼に足る相手かもしれない。

「しかし……この良仙に、江戸を救えますかな」

とまずは冗談めかして言ってみた。

するど相手は、どっしりした頰を初めて緩めた。

「そう大上段に構えると、難しくなりますぞ。まあ、江戸はともあれ、目前に見たコレラに何か手応えがおありでは……?」

「いや、そんなもんはありませんが」

と言ったが、ふと口に出た言葉がある。

「カッと熱くなったのは確かですな。会いたくない相手に、ひょんな所で、会ったような……」

闘志めいた熱いものが込み上げるのは、医者の倣《なら》い。同じ医者なら分かるはずだ。

「こりゃア、川と船と船頭で起こったことだ、その筋を辿れば何とかなるか……など と性懲りもなく思いましたね」

「それが医者根性ってもんでね、何が何でも救命策を考える、それですよ」

と隙を逃さずに、良順が一歩踏み込んできた。

「御老中も、おそらく同じお考えでしょう。奉行所の応援ももちろん取り付けます、医学所の若い医学生も貸し出しますよ」

「ともかく迅速に動き、二次感染を防げと……」

と良仙は先回りして頷いていた。

「まあ、やれるだけやってみますかね」

四

その翌日から良仙は、屯所《とんしょ》に詰めなければならぬ時間の他は、さりげなく外出するようになった。

歩きやすい裁着袴《たつつけ》に着替え、携帯用に工夫した薬籠を背負い、患者宅に往診するような気軽な出で立ちである。

昨日のうちに、神田川流域から本所にかけての総ての番所に、触れを出してもらった。最近厳しくなっている市中取締にかこつけ、疫病を思わす不審な死者が出たら届けるようにと。

だが自分自身が動くしかなかった。

コレラの潜伏期間は普通、半刻《はんとき》後から五日後くらいまでとされる。

罹患してもすぐに発病しない者もいるし、発病しても治療をしなければ、その日のうちに死に至る者もいる。二次感染を防ぐには、この数日の間が決め手となる。

手始めに神田川筋で療養所を営む蘭方医を、片っ端から訪ね回った。船から別々に降りた男女が、もし発病したとしたら、この区域の医所に駆け込む可能性がある、と考えてのことだ。

幸い良仙は古株だったから、多くの医師の顔を見知っている。

風評が立たない程度に、〝コレラに似た症状の患者が出た〟ことを打ち明け、予防のために情報を集めていると話した。

良仙を知る皆は、喜んで協力を約束してくれたが、まだ何も情報は得られていない。


二日めの午後——。

良仙は、水鳥が騒がしく舞う篠屋の船着場に立っていた。

医学所に運ばれた病人は、昨夜遅くに亡くなった。それを知らせるため、所用のついでに立ち寄ったのだが、あの時動いてくれた船頭らは、誰もが出払っていた。

そこでおかみのお簾に話し、皆にも伝えてくれるよう頼んできたところだ。良仙はその他にも、さらに二つの情報を摑んでいた。

一つが、弥助から伝えられた返事だ。

弥助は昨夜のうちに、あの闇商売の元締めを訪ね、探りを入れたという。名を角蔵《かくぞう》といい、乱杭歯《らんぐいば》が特徴の顔なので、乱杭の角蔵と呼ばれているとか。

「え、行方不明になった船頭がいねえかって？　今んとこ聞いてねえな、そいつはたぶんヤミだろう、ははは……」

と乱杭歯を見せて笑い、探るように付け加えた。

「しかし、おめえ、何を調べてるんだ？　こんな闇商売は、わしみてえな元締が目を光らせてねえと、お上の取締りはかわせねえよ。だが勝手にやりたがる奴は、いつでもいる。ましてこのご時世じゃ、仕方ねえ。その代わり、同業からチクられ摘発されても、助けてはやれんさ」

続いて、もう一つ情報が入ってきた。

さっそく奉行所の密命が下ったらしい。今朝から亥之吉親分が、十名近い下っ引を率いて、神田川沿いの船着場、船宿、茶店などを一斉に聞き回ったという。

あの午後、篠屋から御茶ノ水《おちゃのみず》あたりまでの船着場で、不審な屋根船を見かけなかったかと。

その結果、耳よりの目撃談が転がり込んだ。

和泉橋と上流の筋違門《すじかいもん》の中間辺りの船着場に、屋根船から女が降りるのを、通りがかりの船頭が見たという。

すれ違って行く舟上から見ただけだが、頭から襟巻きを巻いた小柄な女が降り立ち、船を船着場に繋ぐと、柳原通《やなぎわらどう》りを走るように立ち去ったと。

またもっと上流の水道橋《すいどうばし》辺りで、こんな目撃をした者がいた。

釣り人らしい身なりの、菅笠を目深に被って顔を隠した武士が、屋根船から降り、後も見ずに武家町に消えて行ったという。

もちろん同じ船かどうかは不明である。

ただ、もし同一の船であれば、先に上流の水道橋辺りで男が降り、次に柳原辺りで女が降りた……。

〝櫓を漕ぐ者がいないまま流された時間はそう長くはない〟という弥助の推測に従えば、そういうことになるだろう。

水道橋で降りたなら、幕臣の筋も考えられる。だが、一体どうすればその身元が分かるのか。

誰もいない午後の船着場で、無心に騒ぐ水鳥を見ていると、

(わずか五、六日で何が出来る……)

という焦りが胸にせり上がってくる。

実は、まだ誰にも話していないことが、一つあった。あの病人は、その苦しい息の下から、一つだけ手掛かりらしい言葉を吐いたのである。

病人に幾つかの質問を投げかけた中で、船に誰を乗せていたのか、と問うた時、

「たき……」

と消え入るような声が返ってきたのだ。

「それは誰のことだ」

と体を揺すったが、もう声は聞こえて来なかった。

普通であれば、〝たき〟という女性に違いない。

だが良仙にはもう一つ、頭に浮かぶ〝たき〟がある。

くわい頭に十徳《じっとく》、長袖姿の漢方医である。その親玉が、〝蘭学排除〟を唱える多紀《たき》元堅《もとかた》だった。一派は多紀派と呼ばれ、蘭方医に様々な嫌がらせをしてきたことを、忘れられはしない。

しかし時の流れで、あれだけ強く根を張っていた中国発祥の漢方医学は、ついに西洋医学に太刀打ち出来なくなっていた。

元堅が亡くなり、その子の代になった現在、多紀派は衰退して、医療の場を失いかけている。

(このコレラ禍は、蘭方医への最後の復讐として、多紀派が仕掛けた陰謀では……?)

そんな疑いが、鬱勃《うつぼつ》と沸き起こる。

だがたぶんそれは、蘭学を掲げて、伝統墨守《ぼくしゅ》の漢方医と戦ってきた者の、根深い強迫観念だろうと、自分に言い聞かせた。

さらにもう一つ、危惧することがあった。

十一月も半ばになり、江戸を混乱に陥れるための薩摩の策謀が、日に日に激しくなっていることだ。

(或いはこの悪疫《あくえき》も、江戸を攪乱《かくらん》させる薩長の戦術か?)

とまで疑わざるを得ない。だがしかし……。

まだこの病いの成り立ちも分からず、治療法も確立していない現状で、どうやって疫病を発生させられるだろう?

「先生……良仙先生……」

そんな声に、良仙はハッと物思いから覚めた。

振り向くと、船着場の向こうに立っているのは、篠屋の女中の綾だった。篠屋から走ってきたらしく、頬が赤らんで、息を弾ませている。

「今、お帰りになったばかりと聞いて、追って来たんです」

と綾は、はにかむように笑った。

「や、どうも」

「もし舟を待っておいでなら、船頭を呼びましょうか？」

「いや、そうじゃない。昨日のことを考えていたら、ついここに来てしまったんだよ」

「ああ、あの患者さん、亡くなったんですってね」

「残念ながら……」

腕組みをして、川を行き交う舟に目を投じた。

まだ空は青いが、薄い夕闇が町を包み始めている。そんな昼と夜のあわいの中、もう提灯を灯して滑って行く舟がある。

いつもなら心艶めいて、むずむずしてくる魔の時間帯。あの闇の奥に、迷い込みたくなる時だった。

だが今目に映るのは、ありのままの川の風景に重なって、九年前のコレラの夏の、神田川が見える。

……早桶を乗せて下って行く舟が引きも切らず、時には水死体が流れて行った。この辺りの船宿に年季奉公していた奉公人の話では、朝茶の前に、宿の前の通りを葬礼が次々と通り過ぎ、それが八十四にも及んだと……。

「ちょっと伺いたいのですが」

と思い切ったように言う綾を、良仙は実務的な医師の目で見ていた。

「はい、何ですか」

〝ちょっと伺いたいことが……〟と声をかけられることに馴れていた。そのほとんどが、脇腹におできができた、皮膚が痒い、最近眠れない……などの健康の悩みだった。二、三の言葉で、効果的に答えないと……。

「ああ、ここにいちゃお邪魔だな、少し歩きましょう」

良仙はそう言うと、船着場から上がって、ぶらぶらと橋の方へと歩きだす。追いついて肩を並べると綾が言った。

「先生、情報を集めておられるんでしょう?」

「ああ……」

「実は、今日、ちょっと変な話を聞いたんですよ」

「ほう」

「この辺りに、毎月廻って来る薬屋さんがいるんですけどね。最近どういうわけだか、腹下しの薬が売れてるんですって」

「ほう？」

五

今日の昼前、その薬種問屋の手代五助《ごすけ》が回って来た。

いつも使う、減りの早い常備薬を置いて行き、新しい注文を取るのである。その五助が帰り際、いつも応対に出る顔馴染みの綾に、こうぼやいた。

「やれやれ、これから店まで一《ひと》っ走《ぱし》りして、また戻らなくちゃ」

「あらまあ、どうしたの」

「ここんとこ、腹下しの薬が売れてね。今日も膏薬《こうやく》を届けに行って、新たに一つ頼まれちまったんだ」

綾はハッとして、帰りかけた手代を引き止め、どんな症状で、薬は何を出すのか、その場所はどこかと訊ねてみると、

「それが、両国の向こうなんだけど、東広小路《ひがしひろこうじ》の裏の辺りに、小さなお稲荷《いなり》さんが

あるんです。そこらで二、三人似たような患者が出たそうで、お祓《はら》いだの何だのと、騒いでる。お狐さんの祟《たた》りだとかって……。症状を聞くと、どうも食中《しょくあた》りらしいんだ。腹下しには〝白頭翁湯《はくとうおうとう》〟あたりが効くと言うと、何でもいいから早く持って来てくれと……」

と肩を竦《すく》めて、あたふたと帰っていったという。

「これって先生、この食中りに、白頭翁湯でいいんでしょうか？」

綾がそう訊ねた時は、すでに良仙の顔から曖昧な笑みは引き、目は宙に浮いていた。

「うむ、その薬種問屋は？」

「日本橋《にほんばし》の〝戎屋《えびすや》〟さんですが……。私、これから行って五助さんに、その家の場所とか、もっと正確に聞いて来ましょうか？」

「いや、大体見当はつく。あの辺はよくうろついた場所でね」

言いながら良仙の目は、こちらに戻ってくる猪牙舟を追っていた。櫓を握るのは竜太で、気がついてか舟はたちまち着岸した。

「やあ、昨日はご苦労さん」

手拭いで顔を拭きながら上がって来る竜太に、良仙は言った。

「ちょうどよかった、着いたばかりですまんが、もう一度、漕いでくれんかね。なに、両国橋の東岸を少し下った辺りまでだ」

そばに立つ綾はその時、良仙が、背に小型の籠を負っていることに、初めて気がついた。薬籠である。昔、父が往診に出る時、よく綾が持たされた籠と似ており、懐かしさが込み上げた。

たぶん中に、薬品や、消毒用の焼酎や、診察に必要な手袋や白衣を収納しているのだろう。

（この人は、現場まで行く気だ）

そう思った綾は、我ながら思いもよらぬことを口にした。

「先生、私も一緒に行っていいですか？」

「ん……？」

「万一のことでもあれば、助けがいるでしょう。これでも私、知り合いの療養所で、手伝っていたことがあるんですよ」

良仙は一瞬、目を見開いて綾を見つめた。

突然、思い出した。昨日、患者の元へ駆けつけた時、この綾という女が、台所女中にしては気働きのする対応をしてくれたことだ。

それを心に留め、いつか話しかけてみよう思ったのだが、目前の忙しさですっかり忘れていた。

「ああ、それは有難い、ぜひ頼みたい。だがその前に、おかみさんの了解をとってくれよ。あの人、怖いからね」

と言い、いつもの気弱そうな笑いを浮かべた。

良仙と綾を乗せた小舟は、四半刻後には、対岸の下方の葦が茂る湿地帯に漕ぎ寄っていた。

船着場を探して舟を繋ぎ、三人で陸《おか》に上がる。

その辺りには縦横に横丁が走り、長屋が密集していた。広小路や両国橋界隈で働く人たちが住んでいるのだろう。

そんな中の所どころに、黒塀で囲われた瀟洒な屋敷などがあって、山茶花《さざんか》の美しい茂みが目に飛び込んできたりする。

良仙はきょろきょろと周囲に目を配りながら、馴れた足取りで進んで行く。実は九年前にコレラが江戸を襲った時、仲間の医師と手分けして、下町を回った経験があるのだ。

良仙が受け持ったのは、この辺りも含む深川である。そこら中にコレラ除けのお札が貼られている中、町の辻に立って説法したものだ。

「生水《なまみず》や、生物《なま》を口にするな」

「手を洗え、清潔を心がけよ」

「外へ出れば病いを拾う。用がなければ家にじっとしておれ」

これくらいしか、コレラから身を守るすべはないのだった。

今、こうして町を歩いていると、多くの門戸に相変わらず、古いお守札や、牛の字を書いた赤絵が貼られている。

干からびた大蒜《にんにく》の黒焼きを吊るしたままの家が、何軒もあった。

いずれもその多くは貼られたまま風雨に晒され、時を経て変色し、半ばちぎれていた。だが中には、真新しいお守りを出している家があるのに、良仙は着目した。

やおら振り返って言った。

「これから、このような新しいお守りの出てる家に入るぞ。まあ、黙ってついて来てくれ」

言い様、そんなある一軒の軒先に立った。

「もし……」

ガラリと玄関の戸を開いて、声高に呼ばわった。

「戎屋から頼まれて、診察に参った医者ですが」

するとすぐ中年の女が出て来て、驚いたように言った。

「えっ、エビスヤさん？　何も頼んじゃいませんよ！」

「そうですか、間違えました」

と良仙は一礼してすぐに出て来る。それを二回繰り返し、三軒めで、目指す家に行き着いた。

稲荷神社に近く、猫の額ほどの植え込みのある古いしもた屋で、軒先に八つ手の葉を吊るしていた。

ガラリと格子戸を開けた時から、異様な臭気が鼻をつく。

戎屋の名を上げて呼ばわると、この家の主婦らしい若い女がころがり出て来て言った。

「えっ、戎屋さんから言われて？　いえ、うちは頼んでないけど、でもお医者様なら、ちょっとうちの人を診てちょうだい」

言い終わらぬうちに、小太りの老女が飛び出して来た。

「お里《さと》、お止《よ》し！　今、お祓いしてもらったばかりじゃないか。医者なんかに何が出来る！」

怒気《どき》を込めた嗄れ声が飛んで来た。良仙の背後に立つ綾は、思わずすくみ上がった。医者は金ばかり取って、治しちゃくれない……という怨嗟《えんさ》の声は、何度も聞いた覚えがある。

「でもおっかさん……」

お里が言いかけた時、良仙は草鞋《わらじ》を脱いでずかずかと上がり込んだ。

「あれっ、勝手に入るのかい、どろぼう！」

老女がむしゃぶりついていく。それを振り払うや、良仙はガラリと奥の間の襖を開けた。

薄暗い中に煎餅布団が敷かれ、男が横たわっている。

だが目を奪われたのは、この家の主人らしい病人よりも、床の間に張られた大きな、極彩色の錦絵だった。

（コレラ絵だ……）

綾は息を呑んだ。

燦然《さんぜん》と輝く金箔の中に、虎と象と狼が合体したような怪物が、筋骨逞しい武士に生け捕られている、おどろおどろしい図柄である。

最近はあまり見なくなったが、ひところは神社や寺や番所など、人の集まる所に、よく張られていたものだ。こんな普通の家の床の間などで見ると、さすがに迫力があった。

絵の端に黒々と書かれている〝悪疫退散〟の字が、さらにお札《ふだ》に記されて、部屋の四隅にベタベタと貼られていた。

それらを見た良仙は、カッとなったように歩み寄った。

「まだ、こんな物を有難がって拝んでるのか！　何度言ったら分かるんだ！　加持祈禱《かじきとう》じゃ、虫刺され一つ治らんぞ」

と言いざま、コレラ絵を引き剝がし、ビリビリと二つ三つに破いて、畳に投げつけたのである。

老女の悲鳴が上がった。

「いいか、よく聞いてほしい。私は手塚良仙。医者だ、幕府の軍医をしている。江戸に疫病を流行らせまいと、日夜、見廻ってる最中だ。三日コロリに罹りたくなけりゃ、私のいう通りにしてもらいたい！」

と渾身の力で怒鳴り立てるや、やおら腰の矢立《やたて》を外して筆を取り出し、辺りに千切れて散らばっている紙片に、でかでかと何か書き出した。

「さあ、そこの坊主、元気よく読んでごらん」

布団のそばに座っていた男児は、立ち上がって、大声で読み上げる。

「……手をあらえ、なまものくうな、そと出るな！」

「よーし、よく読めた、えらいぞ」

と良仙は言い、その紙を高く掲げた。

「疫病を招くのは、怨霊《おんりよう》でも物の怪《け》でもないんだ。汚れた手だ、生の水だ、古くなった食べ物だ。清潔を心がけろ、疫病が流行ってる時は外に出るな。コレラ退散には、これしかない！」

その剣幕に、老女は尻餅をついたまま、凍りついている。

病人のそばには、まだ元服には間がある男児が二人と、お里の弟らしいよく似た顔の若者がいた。枕頭《ちんとう》には祈禱でもしたらしく、山伏《やまぶし》のような装束を纏った男が座っている。

三人とも度肝《どぎも》を抜かれ、口を開けて良仙を見上げるばかり。

綾もギョッとしていた。この細身で物柔らかな良仙の、どこからこんな野太い声が出て来るのだろう。この温厚で含羞《がんしゆう》の医師が、こんなに怒りを顕わにしようとは、思いもよらなかった。

「さあ、お里さん、これから湯をどんどん沸かすんだ。私が手にした物は、すべて放り込んで、熱湯消毒してくれ。不潔はいかん。それにその坊主たち、病人は火鉢じゃねえんだよ。そんなにそばに寄っちゃ、病いが感染《うつ》るぞ。離れなさい！」

子供らが慌てて席を立つ間に、良仙は背中の籠から白い医療衣を取り出して手早く纏い、座り込んで病人の脈を診た。

「症状は、いつからだね？」

「ゆうべから……」

「何を食った？」

「せ、先生、水をくれ……」

病人は働き盛りの三十半ばのようだが、憔悴《しょうすい》してその倍くらいに見える。

「先生、この人、昨夜から水ばかり飲んでます」

お里がそばから訴えた。

「いいぞいいぞ、水が大事だ、ただし、塩がいる」

良仙は籠から竹の水筒を取り出し、両手で病人の頭を抱えて起こし、口に当てがった。それは湯ざましに塩を溶かし込んだ塩水で、脱水症状の始まったコレラ患者に呑ませるもの、と綾も知っていた。

良仙はいつでも呑ませられるよう、予《あらかじ》め作って持ち歩いていたのだ。

「よし、これだけ水が飲めるなら大丈夫だ、がんばれよ」

と病人を励ましつつ、その場で二、三の治療を施した。それが終わると、病人と家族に向かってきっぱり言った。

「いいかね、先に言っとくぞ。私は町医者じゃないから、治療代はいらん。これから私の指示に従ってほしい。それさえ守ってくれれば、治してやれる」

六

「ところで、ちょっと出かけてくるが、すぐ戻る」

と立ち上がり、塩水を作っておくよう綾に頼んだ。

「じゃんじゃん飲ませるから、たくさん頼む。量？　とりあえず、貧乏徳利で三、四本分くらいかな。塩との割合はどうかと？　大体でいい、ちょっと塩辛いくらいでいいんだ」

良仙が竜太を連れて出て行ってしまうと、綾は女房のお里に手伝わせて、せっせと塩水を作った。

それは意外に早く終わったので、病状について、お里から訊けるだけのことを聞いてみた。たまたま良仙が使った筆が、そのまま放り出してあったので、その辺に散らばっているコレラ絵の破片の裏に、書き留めておく。

それは大体、次のような事だった。

この家の主人の名は留吉《とめきち》という。

女房の弟と共に、近くの両国橋の袂で土産物屋を営む。

朝食は自宅で茶漬けを、昼飯は概ね女房手作りの弁当だが、買うこともある。夕飯はたいてい抜きで、近くの横丁の呑み屋で何か食べる。

この日は、煮売屋の弁当を食べた。

この煮売屋は『安《やす》べえ』といい、川を上り下りする船頭を相手に炎天下、舟で自家製弁当を売っていた。〝旨くて安い〟と人気があった。

昼までには、舟に積んで来た総ての弁当を売り尽くす。ちなみにこの日の中身は、握り飯二つと、川魚と野菜の煮付けに、漬物だったと。

留吉は近くの船着場でこの弁当を買い、八つ（二時）すぎに食べ、しばらくして胸がムカムカしたが、店に立ち続け、夕方近くに激しい下痢と嘔吐に襲われたという。

蕎麦を食べた義弟は何ごともなく、この者に店を託して、近くの自宅までよろばい帰った。出て来たお里に、〝食中り〟だと告げ、昏倒した。

お里はすぐ胃薬を服《の》ませたが、義母は目を吊り上げ言い放った。

「これは三日コロリだ！」

その時、押入れから引っぱり出したのが、この極彩色のコレラ絵だ。先ほどは祈禱師を呼んで、この前で祈禱をしてもらった——。

そこまで書き終えたところへ、良仙が息せき切って帰ってきた。

「さて、皆、手伝ってほしい。これから病人を、この先の大善寺《だいぜんじ》に移すことに決まった」

大善寺の住職は、先のコレラ流行時に、患者の隔離場所として、涼しい境内を開放した。そのことを、良仙は忘れていない。

筵を敷いた屋外にずらりと横たえられた患者が、

「水を……」

「水をくれろ……」

と口々に呻く様、境内の隅に積まれた死者の山……を、良仙はありありと憶えている。

それを思い出してすぐ飛んで行き、窮状を伝えると、住職は座禅堂の一部を使えと言ってくれたのだ。今回は冬でもあり、患者はそう増えそうもないからと。

良仙は、ぼんやり突っ立っているお里の弟と、帰りそびれている〝祈禱師〟をせかし、玄関の戸板を持って来させた。

その上に病人を横たえると、四つ角を義弟、祈禱師、何ごとかと顔を出した隣人、薬籠を背負った良仙で持ち上げた。塩水入り徳利を抱えて後を追う年長の子に、綾は、今〝聞き取り〟を書いたばかりの紙片を託した。

一行を見送ってから、竜太と綾は舟に戻ったのである。

二人はそれぞれ、良仙から頼まれごとを抱えている。

良仙は今夜、大善寺に泊り込むという。この界隈に広がっている恐れのある患者を突き止め、一刻も早く、寺に隔離するつもりだと。

そこで竜太が、医学所まで知らせに走ることになった。

松本良順にすみやかに伝えてほしいのは、助っ人の医者と、キニーネや阿片《あへん》などの薬品類を送ってもらうことだ。

綾は、千吉への伝言を頼まれていた。

薬種問屋『戎屋』の手代五助に会い、この地域以外で、腹下しの薬を売った所がどのくらいあったか訊いてほしいと。

また大川で弁当を売った煮売屋『安べえ』を、奉行所に出頭させて、この二、三日で売った弁当と、買った客について、お調べを要請したいと。

その夜のうち、良仙の元へは若い医師と、二人の医学生が送り込まれた。寺にはすでに、五人の患者が隔離されていた。

三人は交代で泊まり込み、懇切な治療を施した。患者の家族とも、友人とも、いっさいの接触を断ち、誰が見舞いに来ても会わせなかった。

その結果、この一帯では患者は増えず、死者も出なかった。

(冬だからうまくいったのだ)

と良仙は考える。

これが七、八月の真夏だったら……と思うと、ぞっとした。

安政コレラの時、それでなくても水不足で干上がった井戸へ押しかけ、古くなった水を呑んで、倒れた者が何人もいた。

下っ引の千吉は、事態が急を告げていることを飲み込み、亥之吉親分には事後承諾にすることにして、自ら『安べえ』の探索に乗り出した。

噂を辿ると、今戸《いまど》辺りにある煮売屋らしい。

毎朝六つ半（七時）前には、『安べえ』と染め抜いた幟をはためかせ、弁当を積んだ伝馬船を、そのあたりから漕ぎ下って来るという。

だがいざ訪ねて行こうとすると、いま一つその場所がはっきりしない。

そこでこの日、千吉は両国橋の袂で待っていた。舟が現れたら、客を装って呼び寄せ、乗り移ってやろうと考えたのだ。

ところがこの日に限って煮売屋の舟は現れず、弁当を楽しみにしていた常連を、がっかりさせたのである。

「どうしたかねえ。昨日も食ったんだがな。え、腹下し？　そんなこたァねえよ」

船着場で弁当を待つ船頭らしい男が、首を傾げた。

それきり『安べえ』は消えてしまったのである。昼からは夕方まで、店頭で煮物や煮豆などを売っていたと聞くが、その店はどこにあるか分からず仕舞いだった。

訳が分からぬその話を聞いて、良仙は、絶句してしまった。

千吉はさらに日本橋の『戎屋』を訪ねて五助に会い、あと二人の〝腹下し〟がいたことを聞き出していた。その客を追いかけてみると、一人は老いた漁師で、〝食中り〟ですでに死亡していた。

もう一人は本所に住む大工の棟梁で、若かった。すぐに大善寺に隔離して治療を施したため、一命を取り留めた。

良仙には、さらにもう一つ情報が届いた。

情報提供を依頼していた蘭方医の一人から、手紙で知らせて来たのだ。あの屋根船の事件があった日、療養所に、治療を求めて駆け込んで来た女がいたと。

乗ってきた船の船頭が、腹痛を訴えて様子がおかしいという。

だがあいにくその医師は、遠方に往診で出かけて不在だった。

助手の若い医学生もまた、たまたま医学所で開かれた講義を聞くため、ほんの一刻（二時間）ばかり留守をした。

応対した妻女は身重《みおも》で、助手はすぐに戻るから待つよう勧めたが、

「いいです、別を当たってみます」

と言われ、別の蘭方医を紹介すると、礼を言ってあたふた出て行ったという。医師が帰宅して話を聞き、念のためその知り合いの医師に問い合わせてみると、そんな女性は来なかったという。

それからのことは不明である。ともかく現実は、船頭を乗せた船は舫いが解け、下流へ漂って行ったのだ。

女は肩掛けをお高祖頭巾《こそずきん》のように被っていて、髪型は見えず、着物は地味な小袖に

紋なしの羽織で、どんな身分なのかは分からない。

二十代半ば過ぎに見える美しい女で、黒眼がちな目を潤ませ、必死の様子だったという。

〝女房が身重で適切な対応が出来なかったことを、お詫びする〟と書かれている文字に目を当てて、良仙は考え込んだ。

この事実をどう捉えたらいいのか。

船に乗っていた女は何者か。女郎か芸者か。その女は、発病した船頭のために、医師を探して奔走したのか？

先に下りた男は、どこへ消えたのだろう。

七

どこの船宿も不景気だった。

柳橋の船宿のほとんどが、川遊びのための川船宿だから、世情不安で遊客が減ると、船頭たちはたちまち職を失ってしまう。

渡り（臨時雇い）の船頭などは、川船宿から荷船宿に乗り換える者も多く、川筋からは活気が失われていた。

それでも夜ともなると、柳橋はそれなりに活気を取り戻す。

それはいつの世も遊客は減ることがなく、酔客は遠路を帰る舟駕籠として、舟を利用したからである。

五つ（八時）近くなると、篠屋はそんな客で満席になり、船頭らは忙しく出払っていく。

「綾さん、ちょっと」

と綾が呼ばれたのは、あれから三日後の、晴れてはいるがひどく寒い日だった。

帳場に顔を出すと、お簾が長火鉢で煙草の煙をくゆらせて言った。

「あんた、午後《ひる》から弥助を手伝っておあげ」

言われて綾は、怪訝な顔になった。

「今日も暇だしねえ。いえね、弥助は、午後からを屋根船で、大川の上流まで行くんだって。お客様はあの良仙先生。先生は午前中に、本所で一仕事をして、本所〝石《いし》原《わら》〟の渡しから乗ってこられるそうよ」

「はあ、でも……」

弥助が、秘かに動いているのは知っていた

どうやら良仙の片腕として、内密の調べごとを手伝っているらしい。綾は薄々知ってはいたが、黙って見ていた。以前と比べて、何か別人のようにピリピリしていたからだ。

「良仙先生は、あの通りのお方だもの、昨日のように、綾さんがそばで書き取ってくれると、助かるんだそうだよ」

とお簾は笑って、煙を吐き出した。

〝あの通りのお方〟とはどういう意味だろう、と綾は可笑《おか》しかった。

あのコレラ絵の裏に書いた〝聞き取り〟が功を奏したか？　いや、たぶん本所で何人か患者が出て、手が足りないのだろうと思った。

「綾さん、前に、医者の助手をしてたでしょ？　だから使い易いって、お気に入りなのよ。ま、せいぜい手伝っておやりな」

打ち合わせ通り八つ（二時）の鐘が鳴るのを合図に、本所石原の渡しに、良仙が現れた。いつものように野袴をはき、足を草鞋《わらじ》で固め、薬籠を背負って笠を被っている。

笠を上げて、船着場に着岸している屋根船を確かめるや、軽々と乗り込んで来て、船はすぐに岸を離れた。

弥助は船首を上流に向けて、漕ぎ始める。

船房に座ったまま出迎えた綾に、

「や、来てくれたか。実は今日は、少し忙しくなりそうなんでね、おかみさんに頼んだんだよ」

と良仙はまっ黒に日焼けした顔を和《なご》ませ、にやにや笑った。詳しいことは言わないのが、どうやらこの人の癖なのだ。

「お役に立てればいいですけど」

綾は茶を淹れて、勧めながら言った。

今日は万事心得たように、前掛け、手拭い、襷の他に、自分の矢立までも用意してきている。

「弥助、どうだ、場所は確認できたか」

良仙は音をたてて茶を啜り、首を捻じ曲げて背後の弥助に話しかける。

「任せてくだせえ。今日は風がなくて、いい川日和でさ」

ひんやりした川風が、半ば巻き上げた簾を揺らす。川面は晩秋の光をはじいて、キラキラと眩しかった。

岸辺近くを進むと、風向きによって落ち葉を焚く匂いが鼻を掠める。

綾はこれからのことを、石原に向かう船上で、弥助から聞いていた。

どうやら良仙は、亡くなった船頭について情報を得たようだ。

あの角蔵に、報酬を約束して身元探しを頼んだのだ。しかし手掛かりといっても、五十過ぎで、屋根船の船頭で、顎のあたりに刀疵《かたなきず》がある……ぐらいのことで、名前も分からない。

ましてどこに登録もしていない闇舟であれば、角蔵のような立場でも、身元探しなど無理だろうとは覚悟していた。

だがあっさり承諾した乱杭歯の男は、なんと一日も経たぬうちに有力な情報を摑んできた。報償金は、真偽を確かめてからで結構だと。

亡くなったのは、〝源七《げんしち》〟というもう五十半ばの老船頭ではないか、という。

この向島《むこうじま》上流から少し支流に入った〝蕗谷《ふきや》〟という所に、地名をもじった『福屋《ふくや》』という船宿があり、源七は若い時分からその船頭を続けてきたらしい。

だが安政三年にこの船宿を辞め、以後の消息は不明となる。

辞めたというより、噂ではクビになったと言われるが、その真相は分からない。

その年に大地震が江戸を襲い、『福屋』も大きな被害を受けた。さらにその二年後には、例の〝安政コレラ〟が大流行した。

『福屋』でも死者が相次いで、大混乱の中で閉鎖に追い込まれたのだ。

誰もが生きることに懸命で、他を気にする余裕もなく、福屋も船頭も、その後どうなったか誰も知らなかった。

ところが今回のことで角蔵が、闇や渡りの船頭らに触れを回してみると、すぐに目撃情報が舞い込んだ。『福屋』の源七ではないかと。あの源七なら、ここ数年前からたまに見かけたと。

「以前は、釣り舟の船頭として人気があり、かなりの上客を摑んでいたらしいがね」

と乱杭歯の角蔵は言った。

「ただ、昔も今も、付き合いの悪いやつで、船頭稼業を一人で勝手にやってきた。暮らしぶりも分からん。噂じゃ、今は、頼まれりゃ抜け荷でも饅頭舟でも、何でもこなしたらしい」

源七は潰れた『福屋』に、戻ってきていたのか。ここを拠点に、また稼業を始めていたのか？

そうであれば、この蕗谷にも患者が発生している可能性がある。

向島の土手を通り過ぎると、水郷地帯が広がる。

その水路の一つに船は漕ぎ入った。枯れた水草の茂る湿地帯を少し分け入ると船着場があり、そばに家が見えてくる。

「あれだな……」

弥助が言い、ゆっくり漕ぎ寄せて行く。水鳥がバサバサと飛び立ち、チチチチ……と雀の鳴き声が静寂を破った。

近づくにつれ建物は古く、黒ずんで、廃屋めいて見えてくる。

だが玄関上に掲げられた横長の看板には、風雨に晒されて薄くなりながらも、『福屋』という名が読めた。船着場も古びてはいるが、足を踏み抜くほど傷んではいない。

少し離れて、古い伝馬船が繋がれている。

福屋は、この辺りで何代か続く、古い船宿だったらしい。先代は、川の事故で亡くなり、その息子が後を継いで、母親と女房とでやって来たが、息子は先のコレラで亡くなったという。

「どうも、廃屋みたいだな」

薬籠を背負って真っ先に降りた良仙は呟き、恐れ気もなく近寄って行く。その後に綾が続き、船を繋いだ弥助が少し遅れて追ってきた。

腰には棍棒を差し、手には龕灯《がんどう》を持っているのが、喧嘩馴れした弥助らしい。

「ごめんください」

玄関前で、良仙が大声で呼ばわった。

「誰かいませんかあ？」

中も外も、辺りはシンとしていて、人の気配は感じられない。すると弥助が進み出て、そっと手を掛けて表戸を引いてみた。戸は思いがけずガラリと開いた。

弥助は振り返り、物問いたげに良仙を見る。

「入るよ、折角ここまで来たんだ」

良仙が言うと、弥助は無言で頷き、先に立って踏み込んだ。

そこはお客を迎える、広い玄関土間にあたる。篠屋では広い上がり框《かまち》があり、花が飾られ、ここで客が座って話し込んだり、二階へ上り下りする階段のある、〝客迎え〟の華やかな応接の場だ。

だがここは中が真っ暗で、狭く、物がゴタゴタ置かれている。

畳が湿気《しけ》って腐り始めたような匂いに、食べ物の饐《す》えたような臭いが混じって、暗闇を重たく満たしていた。

「人が暮らしてるとは思えんが、入ってみるか……」

呟きながら良仙も、敷居を跨いだ。

最後に入った綾は一瞬、躊躇《ためら》った。一筋の光も差し込まない奥に、匂いだけが籠っている。何だかそこに疫病が醸成されていそうで、進むのが躊躇われた。

「中、調べますね、灯りはありますから」

と弥助が言い、サッと龕灯をかざした。明かりに切り取られた闇は、どこか驚いたように揺れたようだ。

「うん、調べなくちゃなるまいが、ちょっと待て……」

と良仙は、勇みたつ弥助を止めた。

「念のためだが、手拭いで鼻と口を覆うんだ。みだりにそこらに触るな。さらに衛生の観点から、申し訳ないが土足で入らせてもらう」

良仙は、〝中に誰かいるかもしれぬ〟の思いで動いている。

綾はそれに怯えているが、良仙はそうではないようだ。中に入ってみて、そこに誰かが居たら、患者であれ死者であれ、救い出さねばならぬ。そんな強い〝意志〟に貫かれているのだ。

「ああ、綾さん、あんたは外で待っておれ」

と思い出したように言った。

「いえ、一緒に入らせてください」

「それは構わないけど、気をつけてな」

「はい……」

綾は外に一人立っているのも、心細かったのだ。

八

龕灯の灯りで照らされた部屋は、どこも湿って黴《かび》臭く、異様な臭いを醸成していた。囲炉裏《いろり》の煙や、竈の調理の匂いを吸い込んだまま、閉ざされてきたからだろう。

一階の二部屋にぐるりと灯りを回した時、

「あれ、奥に誰か座ってる……」

と綾が思わず声を上げた。

ぐるりと弥助が灯りを向けて確かめる。と、そこに積み上げられた座布団に、半纏が無造作に掛けられていた。

「頼むよ、綾さん、脅かしっこなしだぜ」

弥助が呟いて、光をぐるぐる回して進む。

玄関から左の突き当たりに階段を見つけると、今度は良仙が龕灯を手にして、先に立って上って行く。

　カラリと襖を開く音がし、良仙は室内に灯りを巡らしたようだ。

　そのとたん、ワッ……という悲鳴が上がって、ドドドッと足を踏み外す音がし、転がり落ちてきた。

　その背後にいたのが、運よく弥助だった。自ら一、二段足を滑らせながらも手すりに捕まり、踏み止まって落ちてくる良仙を支えた。

　二人は支え合ったまま、傷病兵のように降りてきた。

「ど、どうしたんですか、先生？」

「弥助には、聞こえんのか」

　上でチュウチュウ……という鳴き声がしている。欄間《らんま》の辺りを照らした時、光に驚いて鼠《ねずみ》が数匹、柱を駆け下りてきたという。

「私はあれが駄目なのだ」

　ふうっ、と弥助は溜息をつき良仙から龕灯を奪った。

「脅かさねえでくださいよ、先生。おれは鼠なんか、食っちまうほど平気だよ。二階はおれが見てきますから」

　再び階段を上がって行くのを、良仙は二、三段追いかけたが、そこに立ち止まって、上からの反応を待った。

「いや、私は大抵のものは平気だが、どうもあれはいかん」

と照れ隠しか、独り言のように繰り返した。

「私は、蛇ですね」

綾が、真顔で呟いた。一段も上らずに、階段の下で竦《すく》みながら、あれが蛇なら、自分はここを逃げ出すだろうと考えていたのだ。

「あ、そう、へビね……」

と言って良仙は何故か笑いだした。

そこへドシドシと弥助が降りてきた。

「先生、上にも誰も居ませんや。何もいねえけど、雨漏りで畳がぶくぶくですね」

「ふむ、そうか、ご苦労さん、ひとまず外に出ようか」

皆息苦しくなっていたから、その言葉に救われた。先を争うように、暗い台所を通って、勝手口から裏庭に飛び出し、息を吐いた。

外はまだ日は暮れておらず、西陽が裏庭に溜まっていた。

口から手拭いを外すと、湿った落ち葉の匂《にお》いがする。ふうっと息を吸い込むと、水辺の匂いが胸の中に入ってきて、空気が美味しく感じられた。

綾はその時、ふと目を凝らした。

母屋の裏に、離れのような建物が建っている。物置や、蔵ではなく、コの字型に庭を囲む廊下が見え、雨戸が一枚開かれている。

(あちらに誰かが住んでる?)

怪しみながら綾が背後を振り向くと、良仙と弥助も同じようにこの離れを見ている。だが綾は、その二人の背後に四十前後の男が立っていて、一行の動きをじっと窺っているのを見た。

防寒用に手拭いで頰かむりし、袖なしの毛皮を纏っていて、猟師か漁民のように見える。

綾の様子を見て、良仙が振り返った。

「おや、福屋の人ですか?」

持ち前の気軽さで話しかけながら、近寄って行く。

「いや。舟が泊まってて、そこの戸が開いてたんでのう」

と玄関の方を指差した。

「釣り舟のお客さんかね」

「いや、福屋に急ぎの用があって訪ねて来た。鍵が開いてたんで入ったが、誰もおらんようだね」

「へえ……」

「ここに、源七という者がいるはずだが、知らんかね？」

「ああ、船頭の……。その源七がどうしたね」

言われて良仙はぐっと詰まった。こちらを疑っているらしい。まずは自己紹介しなければ、どこまでも平行線だと思った。

「私は手塚良仙という医者だ、その船頭について、訊きたいことがあって来たんだ」

「………」

相手はなおじっとこちらを見、黙り込んでいる。

「繰り返すようだが、緊急の用があって急いでおる。もし何か知っているなら、話を聞かせてもらいたいんだが？」

「あ、いや、わしゃ、そういう者じゃねえ。家は葛飾《かつしか》の在だが、以前、ここのおかみに頼まれて、鴨《かも》や猪《いのしし》なんぞを卸してたんでさ」

怪しい者ではないと思ってか、急に饒舌《じょうぜつ》に言った。

「……ならば、この辺りに誰か、福屋のことを聞ける人はおらんかね」

良仙はもどかしげに、冬枯れた辺りの風景を見回した。

「ああ……それなら、この裏に小さな神社があるでな、そこの平吉《へいきち》っていう爺さまに聞きなせえ。この辺りじゃ、一番の長老だで、何でも知っていなさる」

「有難う。場所はこの裏手かな？」

「ああ、すぐ裏には急斜面があって足場が悪い、船で行ったほうが早いね」


「……えっ、源七がコロリで亡くなったと？」

火鉢を挟んで向かい合った〝爺さま〟の平吉は、話を聞いて顔色を変えた。小柄で華奢な身体に、ブルリと震えが走ったようだ。

三人が通されたのは、年代を経て朽ちかけた神社の、拝殿横の四畳半である。社務所らしいが、火鉢以外には家具らしい物もない。

壁に古い書類が無造作に積まれていて、人の出入りもなさそうだ。

平吉は白髪がわずかに地肌を覆う、色白で頰の赤い老人で、七十半ばは過ぎてるだろう。

袷《あわせ》の着物の上に綿入れを羽織り、首には手拭いを巻きつけている。

「すると、おたくさんらは、この土地に、三日コロリが流行ってるかどうかお調べに見えたんで……？」

「まあ、そんなようなもんです」

と良仙が小さく頷くと、声が裏返った。

「そんな話はどこにもありませんよ。ここは静かな水郷の村でね、有り得ないことじゃ。わしは何も聞いとらんでの！」

「ああ、それを聞いて、一安心です。ここには及んでないってわけだ」

良仙が頷くと、やっと相手は落ち着いた。

「そういうことです。亡くなったのが本当に源さんなら、病いは別のところで拾ったんじゃな！」

「そうでしょう、いや、安心しました。一人でも患者がいたら、治療するつもりだったんで……」

「しかし、一体何があったんです、死んだ本人はどうなったんで？」

となおも声を震わせる。

「ああ、遺体は無縁塚に葬られたと聞いてますよ。もし家族がいたら、そう伝えてほしい。ただ、家族以外には、内密に願いますよ。もしこんな噂が流れたら、江戸は、大混乱ですからね」

平吉は了解したというように大きく頷き、

「源七に、家族といえる者はおらんです。それよりもこんな辺鄙《へんぴ》な所まで、よう伝えに来てくだすった。さすが徳川の軍医さんじゃ」

九

「……ところで伺いたいんですが」

相手が高潔な人物と見て、良仙は切り出した。

「その源さんは、ここに帰っていたという噂があるんだが、そうなんですか？　あの福屋は、先のコレラで廃業したそうだが」

「ああ、仰《おつしや》る通りで……」

と平吉は頭を振り、腕を組んだ。

「福屋は今も、あの通りの廃屋ですがね。ここしばらく、源七が戻っておって、廃船を修繕して乗ってたんです。先のコロリで、宿の主人も、番頭もやられて……大おかみの千代《ちよ》さんだけが残ったんですわ」

「ご主人の母御ですね。なるほど、その千代さんが、あの母屋の離れに暮らしてたんですね？」

「ああ、一昨年まではね」

「一昨年……というと？」

「その春に亡くなったんですよ。それまで、あそこで暮らしてて、倒れてからは、源七を呼び戻したんです。宿があの通りじゃ、生きちゃいけませんからね」

「ほう、しかし千代さんの息子さんには、嫁御がいたでしょう。そちらはどうなったんで？」

「……あの家は、ちょっと複雑な事情がありましてねえ」

　と老人は溜息をついた。

　外で、騒がしくカラスが鳴いている。その声に誘われるように、書院窓の障子に落ちる暮色に目を向けた。

「ここは日が落ちるのが早いんですよ。いいんですか、こんな話で」

「いや、お気遣いなく。ぜひ聞かせて頂きたい」

「……それはもう器量良しの嫁御でしたのう。あの福屋の若旦那に惚れられて、十七で嫁入って……。ところが三年めで、離縁されちまったんだから、何をかいわんやです。まだ二十一、二の若さでねえ」

「何があったんで？」

「三年経っても子が生まれなかったし、釣り客に色目を使うとかで、姑に追い出されたんですよ」

「へえ？」

「わしは、姑さんの嫁いびりと思ってますわ。子が生まれなかったのは事実だが、旦那は離縁したくなかった。ただ母一人息子一人でね。正直、こういう家の嫁は、関取みたいな働き者に限りますよ」

平吉の冗談に、初めて三人が笑った。

もちろん〝浮気〟するような嫁ではないから、源七が庇った。それが姑の怒りに触れて、同時にクビになったという。

「源七の舟で、身一つで岸を離れていく若おかみを、わしも見送らしてもらいましたわ」

源七は、離縁された嫁を舟で送ったきり帰らなかったと。

「しかし、それでよく千代さんの元へ戻ったもんですね」

「そりゃ、福屋の先代への恩義でしょう。五、六歳のころに拾われ、育ててもらったんだから。それに千代さんは、あの船宿の権利をあの者に譲ったんですよ」

「ほう？」

「あんなお化け屋敷じゃ貰っても迷惑だと、本人が言うんで、権利はわしが預かってますがな」

「…………」

良仙は少し考え込んでいたが、思い切ったように言った。

「ところでその嫁御の名前だが、もしかしてお駒《こま》といいませんか？」

「えっ、何故それを……」

「いや、実は、昨夜から今日にかけて、この私がつきっきりで治療した患者なんでね」

平吉は息を呑み、弥助と綾も言葉を失った。そんなことは何一つ説明せずに、良仙はここまで来たのである。

「一体どういうことで？　コロリは源七だけじゃなかったんですか？」

良仙は、屋根船の話はしなかったため、平吉は二人の関わりは知らないのである。

「昨日の午後遅くなって、本所の番所から知らせが届いたんですよ。三十前後の女が、痙攣と脱水で苦しんでいると……」

痙攣でも、腹下しでも、高熱でもいい、不審な病人が出たら必ず知らせてくれ。そんな触れを、大川水域の番所にも、出していたのである。

女は本所の旅籠に泊まっていた。たまに一人で来る常客で、今回はその三日前から宿泊しており、〝商用〟と言っていたという。

三日めの朝、起きて来ないので、女中が様子伺いに行くと体調が悪いから医者を呼んでほしい、と訴えた。

その異常な苦しみ方に、宿の主人は震え上がり、医者を呼ぶより先に番所に通報したという。

知らせはすぐに医学所にいた良仙に届いたのだ。複数の患者を想定していたが、一人だけだったのは幸いだった。

女は宿帳に〝駒〟と名を記していたが、住所などは架空だった。

宿では、連れ出してくれと矢の催促だったが、言われるまでもなく、良仙は近くの寺院に交渉して、病人をそちらに隔離した。

(この女が、屋根船にいた女ではないか)

とほぼ確信した。

それを示す証拠はないが、ただ一人あの旅籠にいて発病し、感染経路も分からない。

宿の話では、三日前から宿泊したという。

あの柳原の町を、医者を求めて駆け回り、船着場に戻ったら、船は流れ去っていた……船をさがして彷徨《さまよ》い、本所の定宿に転がり込んだ……というところではないのか。

もし感染していれば、発病するのはほぼ数日以内とされており、ギリギリの頃合いである。

化粧は落としているし、苦しむ顔は美しくはない。だが良仙の目には、どこか匂うような女の色気が感じられるのだった。

平吉の話を聞くうち、疑いは確信に変わった。

「するとお駒さんと源七が同じ病気に罹ったのは、偶然ですか、それとも、何か関係があったとか……？」

「それは、私が伺いたいことですよ」

「…………」

平吉は腕を組み、遠くを見るような目になって黙り込んだ。

「病状はどうなんですか、治して頂けるのか」

「この病に、大丈夫という保証はないですよ。ただ、まだ若いし、キニーネが効いたようだ」

と医師は、睡眠不足らしい充血した目をしばたたいた。

「出来る限りのことはします。本人は何も喋らないんで、何とか健康体にして、いろいろ訊かなければならん」

「是非とも治してやってください」

「ですからね、ご老人」

と良仙は少し声を荒げた。相手が何か知っていて、隠しているような気がしてならなかった。

「福屋を出されてから、お駒さんが一体、どこでどうしていたか。それを知る手がかりはないんですか？」

「いや、すべて源七が知っていたはずで……」

平吉は腕を組み、何か考え込むふうにポツポツ言った。

「こう言っちゃ何だが、ああいう醜い男だし……病気の女郎を舟に積んで、饅頭舟もやったと言われる悪いやつだ。ただ……お駒さんだけは別格でした。離縁された時は、まるで後を追うように喜んで首になったみたいで……」

十

「お駒は快方に向かっていて、危険は脱したようだ」

そんな情報《しらせ》が綾の元に届いたのは、五日後だった。良仙手書きの達筆な文字が、紙片に踊っていた。

あれから、力を尽くして看護したのだろう。

その後、新たな疫病患者は発生していない。お駒さえ快復して、さまざまな謎について喋ってくれれば、この時期外れのコレラ騒動は収まりそうな気配だった。

冬という、疫病が蔓延しにくい時期だったこともあろう。

だがそれ以上に、良仙は豊かな経験を生かし、早い段階から自ら動いて抑え込んだのだ。

「一段落したら篠屋に出向き、灘《なだ》の下《くだ》り酒〝四斗樽《しとだる》〟をあけ、船頭全員に振るまうつもりです」

という大真面目な一文を、綾は嬉しく胸に納めた。

あの蕗谷のお化け屋敷の記憶も、お駒が回復してくれることで、洗い浄められるだろうと思えた。

ところがその日の午前——。
綾がその手紙を弥助らに見せて笑い合っている時分、本所の寺では、とんでもない事が起こっていた。

寺に泊まり込んでいた当直の島田作次郎は、今朝になって、離れのお駒の寝床が、も抜けの殻なのに気がついたのだ。

お駒は重要な病人であり、島田ともう一人の医学生が、交替で付ききりの看護をしてきた。寺は大騒ぎになり、見習い僧や寺男も動員して近所を探したが見つからなかったという。

お駒失踪の知らせを、良仙は赤坂の屯所《とんしょ》で聞いた。

使いの寺男から話を聞いて、一瞬、頭が空洞になった。

(なんてこった!)

すぐに飛んで行きたかったが、行ったところでどうなるでもない。それにこの日は午後から外せない約束があった。

返事を貰って来いとの島田の言いつけで、使いは、帰らずに待っている。だが良仙は動転し、すぐには何の指示も与えられなかった。

大失態である。

お駒は初めのころ、痛みや絶望感に悩まされ、何を問うても泣いてばかりで、何も答えてくれなかった。

「……先生は命の恩人です、何かを隠す気など、ゆめゆめございません。今は気分が悪くて申し上げられないけど、具合が良くなったら、すべて話しますから」

と涙を流して約束したので、頭から真《ま》に受けていた。

（なんというめでたい男だ！）

明日には良仙が出向いて、診療する予定になっていた。診察が終わった後、聞き取りに応じてくれるはずだった。

明日は発病してから七日め。診察の結果が良ければ、二、三日中には、寺を出してもいい。状況によっては、〝自宅療養〟を視野に入れてもいいとも思っていたのだ。

感染してからあの旅籠に籠って、三日めに発病。すぐに寺に隔離したから、宿には病いが広がっていない。

問題は、お駒の病状である。今日は発症して六日めだ、ぶり返さないとも限らぬ微妙な時期。一体どこへ逃げたのか。考えると、居ても立っても居られない。裏切られたという思いで、何ともやりきれない。

頼みの綱は、もう一人の船客である。

その名や身元については、ついにお駒からは聞けなかった。だが実は運よくも、今日これから、もしかしてその男を知るかもしれぬ人物に会う約束になっている。

二日前から連絡を入れ、やっと今日の約束を取れたのだ。

ともあれ返事を待つ使いには、〝総てを撤収し、いつもの消毒法で室内を浄め、すぐに医学所に戻れ〟、と言付けて、心付けを弾んだ。

使者が出て行くと、それから二、三の仕事をこなし、いつもの姿になって薬籠を背負い、供も連れずに屯所を出た。

まだ日が高かったし、約束の時刻まで間があった。

約束の場所を〝豊川稲荷〟にしたのは、ここから場所が近く、石段下には茶店もあるという理由に過ぎなかった。

今まで、一度しか来たことがないのだが、その時は、母親の代参を頼まれて代わりに手を合わせた。主神はお狐様ならぬ茶枳尼天《だきにてん》で、あの大岡越前守《おおおかえちぜんのかみ》が信心し、邸内に祀っていたものを、こちらに勧請《かんじょう》したと聞いている。

落ち葉の溜まった石段を上り、境内に踏み入ると、参拝客は少なくて静かな佇まいだった。

屯所や医学所の、ざわついて急き立てられるような空気に比べ、心休まる思いがした。木々に囲まれた参道を、両腕を組んでゆっくり歩きながら、ようやく物思いに集中することが出来た。

考えたかったのは、お駒の〝秘密〟である。

失踪を聞いた時、雪崩《なだれ》を打つように頭に浮かんだのは、お駒がずっと抱え込んでいたらしい〝何か〟だ。お駒がどうしても口にしたくないことだ。だが良仙なりに、薄々想像していることがある。

（その秘密は、あの屋根船の中にあるのでは……）

篠屋の船頭らが口にしていた闇舟の話だ。

公にはもう廃れたことになっている闇舟が、今も形を変えて秘かに生き続けていると。

（お駒は源七に唆《そそのか》され、舟女郎を生業《なりわい》としてきたのではないか）

もしかしたらの話だが、その考えが良仙を捉えて離れない。

恐ろしくも、苦々しい思いを抱えて歩くうち、いつしか参拝場所まで来ていた。日ごろはお参りは滅多にしないが、まあ、今日は特別だ、と懐に賽銭を探っていると、背後から、ポンと肩を叩く者がいた。

驚いて振り向くと、大男がヌッと立っている。

超人的な体力に恵まれた六尺豊かな身体に、洗い晒しの着物と袴を纏い、腰に木刀を一本さし、この寒いのに素足だった。

約束の相手、山岡鉄太郎《やまおかてったろう》である。

十一

「や、鉄さん……」

反射的に口から出た。

落ち合う場所は石段下の茶店だったし、時間はもっと遅い。こんなに早くここで会うのは、意外だった。

「どうされました、今日は……」

と鉄太郎が先手を制した。

「いや、どうされたって……鉄さんこそ、お早いお着きで」

「ははは、指定場所が珍らしいんで、ちと偵察してたんですよ」

「鉄さんみたい剣豪が、静かな神社の中をのし歩くと、殺気立って、何だか宮本武蔵《みやもとむさし》か誰かの決闘場面みたいだね」

「ははは、掛取りとの決闘なら、喜んで応じるが……」

と鉄太郎は笑って、賽銭を入れる良仙を見守った。

見られたくないところを見られたようで、良仙はこそばゆく、

「ここは大岡越前のおかげで、霊験《れいげん》あらたかだそうで」

などと笑って誤魔化《ごまか》し、肩を並べた。

長身で、人を見上げることは少なかったが、この相手を見る時は、いつも上目遣いになる。

山岡鉄太郎との関係は、〝ご近所さん〟だった。

目と鼻の先に住む幕臣で、互いに酒豪として知られており、地元の呑み屋でよく顔を合わす。鉄太郎は良仙より九つほど若いが、いつからか気心が通じる親しい仲になっていた。

鉄太郎の住まいは、小石川の高台にある官舎で、その鷹匠《たかじょうちょう》町の通りをやや下った道を、伝通院《でんづういん》方向に少し辿ると、手塚家の前に出る。家族に急病人などが出て一走りすると、あっという間の距離だった。

鉄太郎は御目見えも出来ぬ御家人だが、千葉《ちば》門下の北辰一刀流《ほくしんいっとうりゅう》の使い手として名を馳《は》せている。だが何につけ、並み外れて話題の多い人物だったから、近所では変人扱いされている名物男だ。

つい四年前には、尊皇攘夷派の〝清河八郎《きよかわはちろう》〟の策謀に加担して、〝閉門蟄居《へいもんちっきょ》〟の憂

き目に遭った。許されるまでほぼ半年、門を竹矢来《たけやらい》で封鎖され、町内の噂の種になったものである。
今は〝遊撃隊〟の副長として、市中防衛に当たっている
師走《しわす》も近い江戸には、押込みや辻斬りがまかり通っていた。そこで新徴組《しんちょうぐみ》や、外国公使を守る別手組《べってぐみ》、様式部隊の撒兵組《さっぺいぐみ》など、多くの守備隊と分け合って、市中を巡邏しているのだった。

何とも言わずに横に並んで少し歩いてから、鉄太郎が言った。

「どうやら〝押さえ込んだ〟と評判ですな」

えっ、と良仙は驚いて横を見上げた。

「どうしてそれを？」

「……いや、市中を廻ってると、勝手に耳に入って来るんです。手塚先生のお陰で、死者が一人も出ないで収まりそうだと」

「ほう、そう上手《うま》くいかんでしょう」

と他人事《ひとごと》のように軽く受け流したが、気分は重い。本当にそう上手くは進んでおらず、気掛かりがまだまだあるのだ。

忸怩《じくじ》たる思いで、黙々と石段を下った。

実は、消えた〝釣り人姿の男〟をあれこれ考え、考えあぐんでいて、ふと隣人の鉄太郎が閃いたのである。

千葉道場の高弟であり、去年まで幕府の武術訓練所『講武所《こうぶしょ》』の世話役もしていたから、幕臣にはかなり顔が広い人物だった。

幕臣の子息なら剣術は必須で、必ず講武所に通ったし、その多くは、千葉道場の門人でもあった。

釣り姿の男が船を下りた水道橋近くには、講武所があった。

幕臣かもしれん……との思いが良仙にはある。

ただ、城内には流行り病が拡がっていないことは、奥医師の松本良順を通して、すでに確かめてある。しかし……。

発病していないのかもしれないし、発病しても別の病いとされて死んだかもしれぬ。隠しているかもしれないし、他人に感染しているかも……と、果てしなく疑惑が広がっていく。

(あの鉄さんに打ち明け、訊いてみたらどうか)

鉄太郎に対する信頼が、そう思わせたのだ。

「今日はまた、何ですか」

石段を下りながら鉄太郎は言った。

「いや、実は、急ぎ、人を探してるんだが……手がかりが少なくて、お手上げなんだよ。漠然とした話で恐縮だが、ま、ちょっと一杯呑まんか」

と良仙は酒を呑む仕草をし、石段下の水茶屋に誘った。

客もいない入れ込みの上がり框に腰を下ろし、騒ぎの発端となったあの屋根船から一人の釣り姿の男が降りたこと、船頭が最後に口にした言葉が〝たき〟だったことなど、あらかた打ち明けた。

「或いは幕臣か……とも考えるが、あまり公にも出来んのでねえ。その者が発病したかどうかも、分からんままだ。感染していないかもしれんが、潜伏期間がそろそろ限界だ。発病して、どこかで倒れているか、誰かに感染させたかと思うと、夜も眠れんよ」

「そうですか。幕臣と思われる武士で、名に〝たき〟という字が入り、釣りの趣味があると、うーむ……」

鉄太郎は、しきりに唸りまくった。そこへ赤い前垂れの茶屋娘が、酒を入れた湯呑みを運んできた。

それを鉄太郎に勧め、自分も啜って良仙が言う。

「しかし、そんな男はそこらに幾らでもいるさ。だいたい旗本ってのは暇だから、皆、釣りをやる。遊びに行くのも、釣りはいい口実にもなるからね。いや、私は釣りはやらんが……」

「ちなみに〝たき〟とは、例の漢方医の〝多記〟ではない？」

「それを考えたが、たぶん、今の漢方医にそんな力はない」

「それもそうですな。……今は薩摩の御用盗が大活躍です。それで我々も忙しいんだが、それでもない？」

「さすがの薩摩でも、疫病作戦は難しいと思うよ」

「さすれば……」

と鉄太郎は酒を呑み干し、良仙が徳利を一本追加した。

「瀧本……という御家人が、千葉道場にいますがね。こいつはまるで石部金吉《いしべきんきち》でして、釣りはやるが、女はやらん。それと、滝田《たきた》というのが遊撃隊にいるんだが。これが人一倍の女好きだが山猿で、屋根船に金をはたくような御仁じゃない……」

「なるほど」

「講武所には、滝井《たきい》という旗本がいましたな。男前で釣りもやる。一見優男《やさおとこ》で、もてるんだが、名門の子息でこれも腹の据わらん堅物です。とても屋根船でどうこうする好き者じゃなかった」

「……なかったと過去形になるのは、どういうわけだ」

「ああ、最近、滝井から山越《やまこし》と名が変わったんですよ」

鉄太郎は、その顔を目に浮かべるように言った。

「ほう、養子縁組かね？」

「そうです、〝滝井主水《もんど》〟改め〝山越主水〟。もう三十近くでして、この秋に上司の勧めで、御大身の山越家に婿入りしたと聞きました」

御大身とは二千石以上の旗本のこと。良仙は何かが引っかかるように首を傾げた。

「ところでそのお駒さんだが……」

と鉄太郎も考え込むように言う。

「船を降りたのは、柳原辺りですね？　船頭が倒れたから、近くに船を繋ぎ、医者を呼びに走った……と説明されたが、あの柳原辺りは神田紺谷町《こんやちょう》で、染めの町でしょう。職人が多く出入りしてるんで、隠れ住むにはいい町ですよ」

「ほう、なるほどね」

良仙は黙って聞きながら、ふと脳裏に浮かんだ光景を、痴《し》れたような思いで追っていた。

　お駒の脈を診るため、初めてその手首を手にした時のこと。爪や指先の一部が微かに藍色に色付いていて、少し不気味に感じたのだ。

（これもコレラの後遺症か？）

　という思いが頭を掠めたが、次に見た時はその色は薄らいでいたので、あまり気にも留めなかったのだ。

（鉄さんの言う通り紺谷町に住んでいたかもしれん）

　良仙は物思いから覚めたように、小さく頷いた。お駒は、大川の人とばかり信じ込んでいたが、思えば何の根拠もないことだ。

「いや、人間、思い込みはいかん。その伝で考えてみると、だ……。その〝男前で、釣り好きの堅物〟という御仁が気になる。もう少し詳しく話してくださらんか」

「ああ、滝井主水ですか。そう、この者は小栗《おぐり》様の秘蔵っ子でね、見かけによらぬ若造で……」

　言いかけて、何を思ったかふと口を噤んだ。

（又一《またいち》様の……）

　と良仙は思った。

又一様とは、小栗上野介《こうずけのすけ》の通称で、大名でないため老中にはなれないのが惜しまれる、切れ者として有名だった。

幕府がついに瓦解するまで、軍艦奉行として幕政を支えていたが、幕府の後始末を巡っては、一戦交えるべしと主戦論を唱える中心的な人物だった。

「手塚さん、この滝井主水、ちと妙な話がありますな」

と鉄太郎が言った。

「日にちは不正確だが、十日くらい前かな、釣りに行った帰りに刀を落としたと、そんな噂がありましたよ。いや、直接聞いたんじゃないが」

釣り舟から降りる時に舟が揺れ、足元がふらついて、手にしていた刀を放してしまったと。

そう本人は弁解したらしいが、武士として不面目な失態である。

十二

「……鉄さん、もう一杯どうかね」

話を聞いた良仙は、相手が何も言わぬうちに、また茶碗酒を二つ注文した。

「なるほどその滝井主水、この良仙も怪しいと見た。お駒といい仲になっていながら、一方でご大身に婿入りしていたとすれば、騒動になるのも必定……いろいろな筋書きが考えられなくもない」

実は、良仙の頭に浮かんだのは、それだけではなかった。

船頭の顎のあたりに、何か打撲の跡があったことだ。もしかしたら源七と何かあったのではないか。刀を抜かぬまま、主水が振り回していたとしたら……。

「主水に会ってみますか」

何か感触があったらしく、鉄太郎がおもむろに言った。

「滝井主水はたぶん、明日あたり江戸を発ちますよ」

「えっ、明日？」

「知らせが入ったばかりだが、京でどうやら、要人暗殺が起こったそうでね。小栗様の使番《つかいばん》として、船で急ぎ京に向かうらしい」

京には十五代将軍慶喜が上洛中で、大政奉還後の徳川家の扱いを巡って、朝廷や諸大名と一触即発の駆引きが続いている。

準備のため今日は早く戻っているはずだ、という言葉を、良仙は腹が決まらないまま受け止めた。

何しろ今、その話を聞いたばかりである。

仮に滝井主水と目星はついても、軍医の分際でご大身に直訴するには、もっと周囲を固めなければ……。そんな考えが胸をよぎる。

そこへ再び赤い前垂れの娘が、茶碗酒と肴を乗せた盆を運んできた。二人は軽く茶碗を持ち上げて頷きあい、口に運んだ。

鉄太郎は一気に酒を呑み干し、トンと茶碗を膳に置いた。

「よし、手塚さん、行きましょう」

ええっと、良仙は面食《めんくら》った。まさかこのまま行くわけには……。

「麻布だからそう遠くはない。いや、私は屋敷までご案内するだけですが、ここは退いちゃいけませんよ」

「そうは言っても、しかし……」

(少なくとも、松本良順の了解だけは得ることが肝要だ)

と考えた。

すると、その弱気を見透かしたかのような言葉が、ぴしりと返って来た。

「あいや、旗本屋敷に乗り込むには、もろもろの手続きや証拠が必要とお考えですな?」

「そりゃァ一応は……」

「しかし、貴公は岡っ引とは違います。いやしくも人の命を預かる、お医者ですぞ。軍医であれば、江戸の軍兵と民の命が掛かっています。死病が、城の波打ち際まで来てるかどうかの瀬戸際に、手続きなんぞで走り回ってる場合ですか。そんなものは吹っ飛ばすことだ、後で何とでもなる」

ギョロリとした目が、やけに大きく良仙に迫って見えた。

「いま為すべきは、山越主水があの船の客だったかどうか、疫病にかかっているのかいないのか。それを一刻も早く確かめることでしょう。もし違っていたら？　それこそ大いにめでたい。医者ならば、そう考えてしかるべきです」

「よう言ってくれた……」

良仙はやおら背筋を伸ばし、一気に残りを呑み干しトンと茶碗を置くと、立ち上がった。

「屋敷の場所を教えてくだされ。今すぐ参りますぞ。私はこれで往診が多くてな、家探しは得意なんですよ」

良仙が、麻布龍土町《りゅうどちょう》の大きな武家屋敷の前に立ったのは、もう夕闇の漂う時間だった。鉄鋲を打った門扉は閉ざされ、往来の人通りもない。

「ごめん……」

と良仙は大きな声を上げた。

「取次を頼みます」

すると横の片番所の格子窓から、門番が顔を出した。

「私は赤坂屯所の軍医取締、手塚良仙と申す者だ。山越主水どのにお目にかかりたい」

「書簡か何か、面会の約束はありますか」

「ない。急用があるによって、急ぎ罷《まか》り越した」

「お館《やかた》は急な主命で取り込んでおり、約束がなければ、改めて出直して頂きたいとのことで」

「待たれい」

閉まりかかる格子窓に向かって、叫んだ。

「私は医者だ。人の命がかかっておる。主水どのに、〃屋根船で亡くなった船頭の件で伺いたい〃と伝えてほしい」

門番は怪訝な顔をしたが、その剣幕に圧《お》されて頷いて、客を門前に待たせたまま邸内に駆け込んだ。

間もなく門番は戻って来て門を通してくれ、屋敷の表玄関ではなく、横の通用口から、すぐ横の座敷に案内した。

そこで待たされること、およそ四半刻（三十分）。

時分どきだからだろう。遠くに男らの談笑する声が聞こえ、微かに煮物の匂いが漂って来た。

良仙は、火鉢が一つあるだけの薄暗い座敷に座って、床の間に活けられた数本の小菊を見つめていた。

やがて老女がやって来て、行燈に火を入れ、火鉢の火を掻き熾して、何も言わずに出て行った。

その後ようよう二十代後半に見える武士が、ドシドシと足音を立てて急ぎ足で入って来て、床の間を背に座り、山越主水と名乗った。

全体に引き締まった長身で、切れのいい声である。

「ご用件を承りましょう。ただ、門番も申した通り、急命が下って、ゆっくり伺う時間はありません。ただ〝屋根船で亡くなった船頭〟とはどういう意味か、それが知りたくて、入って頂いたのだ」

と一気に言った。

面長な顔で、眉は柳のように長い弓形をし、横に長い薄唇がよく動いた。良仙は思わず見とれた。あの鉄太郎が、単に〝いい男〟と言った以上の男前である。

「急いでいて、不躾《ぶしつけ》な言い方になりました。船は八日前に神田川を航行した船宿〝福屋〟の屋根船です、船頭は源七と申す者。相客はお駒という女人で、身分は分かっておりません」

とゆっくりと良仙は言った。

「この船に、お手前が同乗されたかどうか、それを伺いたいのです」

「それがしはその屋根船には乗っておらん、従ってその船頭も知らん」

「…………」

「それが事実だから、そう答えるしかない」

主水はどこか青ざめた美しい顔で、じっと見返した。

「ご了解頂けたら、お引き取り願いたいが、折角《せっかく》だ。こちらにも質問させてほしい。なぜそんな事を訊く？」

「ああ、申し遅れました。船頭は疫病で、あの後……お手前に似た釣り姿のお武家様と別れた後で、船で倒れ、翌日死んだのです。お駒さんも同じ病で倒れたが、一命を取り留めました……」

　すると主水は最後まで聞かずに、床の間にあった鈴を鳴らした。

「事情は相分かった。私はその船には乗っておらんが、亡くなった二人は気の毒だった。見舞金を取らせたいと思う」

「まだ話は終っておりませんぞ！」

　良仙は突然、四方に響くような大声を張り上げた。

「今は経過を申し上げたまで。私が参ったのは、金ではない、お手前の健康を案じてですぞ。二人を襲ったのは恐ろしい疫病ですから、あるいは主水様にも症状が出ておらぬかと……」

「そんな大声を出さずとも聞こえるわ」

　主水は不機嫌そうに声を荒げた。

「しかし無礼千万ではないか！　症状が出るとはどういう意味だ？　この主水が、船頭や舟女郎と同じ病いに罹っておると？」

「ご無礼は承知です。何しろ病いが病い、三日コロリですからな」

　主水は真っ青になった。

　その時、廊下の向こうから足音が近づいて来た。すると、

「黙れ黙れ！　無礼者！」

と急に主水は威嚇するように大声を上げた。

「そんな病いが流行ってるなら、なぜこの私が知らんのだ。城は、その噂で大騒ぎになっているはずだ！　いい加減を申すな、田舎医者が！」

襖の外に、女の咳払いがした。

「ああ、茶を頼む」

それを聞いて足音が遠ざかると、良仙が静かに言った。

「コロリの噂が広まったら江戸はどうなるか。田舎医者の私でも、そのくらいは分かります。主水様とて、それがお分かりにならぬ愚物ではござるまい」

「…………」

「万が一の話、主水様が罹患《りかん》されたままであれば、病は京に運ばれましょう。そのまま京で上様に目通りされるなら、この良仙、今からでも又一様に使いを出し、上洛を差し止めて頂きますぞ」

十三

「分かった分かった！」

主水は叫んで突然、ガバッと両手を畳についた。

「この通り謝る。私は、コレラのことは初耳だったのだ。本当だ。城では任務に忙しく、家では住まいも変わって、世上のことは何も知らなかった、すまない」

土下座して詫びる主水に、良仙は腰を抜かすほど驚いた。

それほど素直な男とは思わなかったから、小栗上野介に使いを出すなどと、思いもよらぬことを口にしたのである。

「お手をお上げくだされ！　私はただ……医者として往診に参っただけです。お手前の無事を確かめたら、それで退散致す所存です」

「私が船に乗ったと認めさえすれば……」

と言いかけた時、また廊下に足音が聞こえた。

主水はすぐに起き上がって、先ほどと同じように座り直す。

老女が入って来て、お茶を出し、部屋を出て行くまでの間、二人とも黙り込んでいた。

「いかにも私は、あの船に乗った」

足音が遠ざかると、主水は低い声で言った。

「まさか疫病船とも知らずにね……。だが船頭と客の関係では、特別の接触はない。あれから特に体調が悪くもない。それでも、感染するものか？」

「それは、つまり、お駒さんを通じて……」

良仙が口ごもりながら言いかけると、大声が飛んで来た。

「ない、それはない！　実はお駒とは、別れ話しに行ったんだからな。手も握らせてもらえなかった。感染《うつ》るはずがない」

主水は激して、言わずもがなのことを口走った。

「感染してるかどうか、今すぐ分かるのか？」

「いいえ、まだ確かな治療法がないように、特別な診断法もないのが実情です。しかし経験値というものがあり、およその目安はつきます。時間はかからんから、少し診させて頂きたい」

薬籠から二、三の器具を取り出し、熱や脈を測り、口の中を診て、手早く診断した。

その結果、食欲や睡眠からしても、主水は健康だった。

「安心しました。おそらく心配ないでしょう。潜伏期間ももう終わるようだし……。ただ清潔を心がけ、生水を呑まぬこと、滋養のある物を召し上がること、それでも万一発病したら……」

あの猛々《たけだけ》しかった良仙が、今は一介《いっかい》の医者に戻って、低声《こごえ》で懇切丁寧に指導し始める。まずは塩水を呑んで脱水状態にならぬこと……。人とは会わぬこと。京、大坂で知られる有能な蘭方医は……。

ようよう帰り仕度をしていると、主水が思い切ったように言った。

「しかし一体、船頭に何があった？　どうしてそんなことが起こるのだ？」

「私にも、よく分かりません。諸説ありましてな」

舟で弁当を売る煮売屋が、食材に供した魚が毒をもっていたという説、亀を煮物に入れていたとも言われる……。また少し前、横濱についた外国船から奴隷が逃げて、大川上流で死体で見つかったともいう。

「ふーむ、たしかに船頭は具合が悪そうだった。それで別れ話もそこそこに下《お》ろされたんだが……。しかし良仙、お駒は治ったんだな？」

「いや、治りかけていたんですが、今朝から消息不明です」

と初めて、これまでの大まかな事情を明かした。本当はこれが目的だったといってもいい。

驚いて言葉もない主水に、追い打ちをかけた。

「お駒さんはおそらく死ぬ気でしょう。たぶん本所の宿で、死のうとしていたかもしれない。もし連絡先をご存知なら、教えて頂きたい」

「神田紺谷町にある『亀屋染物店』」

と、その名を口にした主水は、急にその白い顔を両手で覆った。

お駒は、源七の紹介でこの染物屋で働いていた。この店で懸命に働きながら、主水と添い遂げる日を夢見て、舟で主水と逢い続けたという。

「五年近くもね……」

お駒を見染めたのは、『福屋』の若おかみのころという。もちろん人妻だったから、片想いで終わった。だがお駒が福屋を出され、染物屋に落ち着いてから、釣りで付き合いのあった源七が、屋根船で会わせてくれたのだという。

「あの船頭がいけないんだ。源七は自分が惚れていたお駒を、それがしと結びつけようと……。いや、正直なところ、この主水がお駒と夫婦になりたくて、源七に頼み込んだんだが」

（麗しいお話ですな）

良仙は冷めきった茶を啜りながら、胸の中で呟いた。

「ところが今年になって、縁談を勧めてくれる人がいた。それが小栗様で……とても断りきれる相手ではなかったのだ」

しばし沈黙してから、また途切れ途切れに続けた。

「あの日、船から降りる時、源七に殺されそうになった。それがしが泳げないのを承知で、川に突き落とそうと……。刀の鞘で突いて逃れたものの……どうも、それがしへの激しい怒りが、源七の中で病いを爆発させたんじゃないか、そんな気がしてならんのです」

「そうご自分を責めなさるな。悪疫は偶然で、条理などござらん。しかし、よう打ち明けてくれた。さっそく染め屋を当たってみましょう」

と良仙は頭を下げた。

「京は大変なことになっておるから、気をつけて行きなされ」

それから数日後の夕方、良仙は篠屋の客となった。

「まあ、先生、お疲れ様でした！　四斗樽がお待ちしてますよ」

転がるように出て来た綾が、珍しくお俠《きゃん》な声を張り上げた。

「コロリを抑え込むなんて、三百坂下の先生ならではでしょう」

だが良仙はいつものように、どこか曖昧に笑っている。

〝コレラをねじ伏せた〟と松本良順にも称えられたが、本当に抑え込めたのか？

そんな不安が、胸を鬱《ふさ》いでいる。

そもそもお駒は『亀屋染物店』に戻ってはいなかった。

そのことで重い気分に陥り、近々にも『福屋』に行かなきゃなるまい、と考えていた。その矢先である。

お駒本人から、一通の手紙が届いたのは。

〝誰もいない福屋に一人戻っています〟

丁寧な詫びの言葉の後に、こんな文章が続いていた。

〝あるいは、源七が帰っているんじゃないかと、ついそんな気になってしまい……。

ええ、あの人は死んだと伺いましたが、嘘でしょう？

あの日、どこか調子の悪かった源七が、水道橋を出たあたりで急に倒れ、私は驚いて船を近くに繋いで町に走ったのです。でも医者を見つけられず、心配になって戻ったら、船はそこにいなかった。舫いが解けて、どこかへ漂流してしまったようでした。でも源七が亡き人とはとても思えず、もしかしたら福屋に帰っているように思ったのです。

私はまだ快復しておらず、悪疫の織りなす夢から、醒めていないのでしょうか。でもいつか櫓を漕いで戻って来てくれそうな気がして、ここでしばらく待ちたいと……〟

思い出すまま胸の中で辿っていた文面が、そこで途切れた。良仙は一瞬、思いがけなくも、慟哭《どうこく》の衝動に駆られたのである。

だがそこへお簾が挨拶に来たので、顔はひしゃげたままだった。

「先生のお陰で、江戸は救われましたよ」

お簾は上機嫌で言って、頭を下げた。

「いや、なんのなんの……」

と良仙は首を振った。

「江戸を救ったのは、篠屋に流れついたあの漂流船でしょう」

あの手紙で思い出したのは、以前に祖母に聞いた〝うつろ舟〟の伝承である。

それは〝空舟〟とか〝虚舟〟などと書き、彼方から〝魂〟や〝神〟を乗せてやって来る舟のこと。昔、地方の海辺などに漂着し、変事を告げたという言い伝えがあるのだと。

良仙は、もしかしたらあれが〝うつろ舟〟だったのかもしれないと思っている。

手塚良仙は、維新後は陸軍の軍医となる。

明治十年に西南戦争に従軍して、赤痢にかかって九州で死んだ。五十一歳だった。

その曽孫《ひまご》に、手塚治虫《おさむ》がいる。

治虫は医師を目指して『大阪大学医学部』に進学した。この大学の前身は、曽祖父の良仙が学んだ緒方洪庵の『適塾』だった。

だがかれは医師にはならず、漫画家となった。

第五話　影燈籠《かげどうろう》

一

慶応三年十二月二十四日。

ザッザッザッザッ……という大勢の足音が、柳橋を渡って来る。カシャカシャ……と混じる金具の触れ合う音が、物々しく響く。

どこの藩かしら、と綾は橋の袂に佇んで見送った。

最近は昼夜にわたって、こうした市中巡邏隊《じゅんらたい》が増えている。撤兵組《さっぺいぐみ》、新徴組《しんちょうぐみ》、別手組《べってぐみ》、遊撃隊、旧幕歩兵隊……。

そして今日見かけるのは、これで三度め！

朝がた、玄関前に打ち水をしていて、路地のはるか向こうの大通りを、遊撃隊らしい一団が通って行った。

つい先ほど、薬研堀まで使いに出た時には、戎服《じゆうふく》（戦闘服）に身を固めた旧幕陸軍歩兵隊が、長い隊列を組み、両国橋を渡って来るのを見た。

兵卒は、上は筒袖、下は筒型の洋風袴〝だん袋〟、腰にはサーベルを提げ、陣笠被って銃を担いでいた。

隊を率いている将校は、旗本だろう。レキション羽織とかいう筒袖の陣羽織を着、下はだん袋だが、腰にはサーベルならぬ大小の二刀を差していたっけ。

今日いつにも増して市中が騒々しいのには、理由があった。昨二十三日未明、江戸城の一部が不審火で炎上したのである。

焼け落ちたのは、天璋院《てんしよういん》（篤姫《あつひめ》）が住む〝二の丸〟だった。

天璋院は、薩摩から輿入れした御台所で、先代島津公の息女。江戸市中の破壊を任とする〝薩摩御用盗〟が、その奪還を図り、騒ぎを拡げようとしたのではないか……など、流言蜚語《りゆうげんひご》が巷に飛び交っていた。

この界隈でも半鐘が鳴り響き、町火消しの〝に組〟も、揃いの半纏で出動したようだ。

だが通りは門松や注連飾《しめかざ》りで華やぎ、町をあげての暮れの騒ぎだった。

商家は鉦太鼓《かねたいこ》で客を呼び込み、客は買い出しに狂奔《きょうほん》している。今日あたりは天気がいいせいだろう。正月を待ちきれない幾つもの大凧《おおだこ》が、まっ青な冬空に浮かんでいた。

(ふーん、もうお正月か)

何だか信じられぬ思いで、綾は神田川沿いに上流に向かう。

今日も気の重いお使いだった。

船頭の勇作《ゆうさく》が、この上流で揉め事を起こし、他の船宿の船頭に怪我をさせたのである。〝勇み肌の勇作〟と言われるほど喧嘩早く、これまでも何度か事を起こしていた。

そんな時、謝りに行くのはお簾だったが、とうとうそのお役が綾に回って来たのだ。

「帰りは、ゆっくりでいいからね」

とお簾がせめてもの労わりを見せたが、それも店が暇だからだ。

翌二十五日からはいよいよ忙しいから、ま、今日ぐらいはゆっくりおし……とのご託宣と理解した。せっかくだから日本橋まで足を延ばそうかなどと思ううち、ふと足を止めた。

前方から来た十八、九に見える書生《しょせい》ふうの男が、いきなり歩み寄ってきて、声をかけてきたのだ。

「あのう、篠屋の綾さんですね？」

はあ、と答える間もなく相手は続けた。

「自分は、神田の〝占い道場〟の者で、須藤《すどう》といいます」

（ああ、あの閻魔堂《えんまどう》の……）

占い道場とは易者閻魔堂が開いている易学塾で、一度訪ねたことがある。

そういえばこの色白な若者に見覚えがないでもなく、相手もその時に綾の顔を覚えたのだろう。

「実は師匠から言伝《ことづ》てを頼まれて、いま篠屋に伺う途中でした」

「まあ、それはそれは。しばらくお見かけしないけど、先生はお元気なんですか？」

よく篠屋に顔を出していた閻魔堂が、何故かここしばらく姿を見せていないのである。

閻魔堂大膳《だいぜん》。いつも枯葉色の袖なし羽織を身につけ、同色の宗匠帽《そうしょうぼう》を被った、恰幅のいい易者である。

月の半分は両国橋の袂に、後の半分は浅草の雷門近くに陣取っていたから、界隈ではよく名が知られていた。

両国橋で仕事を終えるのはいつも五つ（八時）近く。簡易な見世を畳むと、たいてい篠屋に上がって酒を呑み、磯次の舟で昌平橋まで帰って行く。住まいが、神田の易学塾の二階にあったのだ。

篠屋に通ううち、台所方ともすっかり顔馴みになり、たまに仕事前にも厨房に顔を出し、一杯のお茶で面白可笑しく喋って行った。

もともとが謎めいた人物で、それは易者という商売のせいだろう、と何となく皆は思っていたし、綾もそうだった。

そればかりでもなさそうだ、とぼんやり思い始めたのはいつからだったか。薩摩藩の出身らしいと言われ、夜の路上の観相は、藩の何らかの任務の一環ではないかと、思わないではいられなくなった。

だが半信半疑であり、自分には関係ないことと考えた。

閻魔堂はたいそう博学で、情報通で、世馴れた男だった。世間知らずの綾には、色々な情報を運んでくれ、困った時は何かしら力になってくれる、頼りになる味方だったのだ。

「はあ、師匠は元気ですよ」

と須藤と名乗った男は言葉を濁した。

「今は、道場におられるわけ？」

「あ、いや、出先からでして」

とその白い顔を赤らめる。

「何か、折入って話したいことがあるそうで、近々にお会いしたいと」

「え、いつ？　これから？」

戸惑ったが、閻魔堂が元気で江戸にいるらしく、自分に連絡を取ってくれたことが嬉しくて、つい次々と畳みかけた。

「あ、いえ、つまり……」

今日の七つ（四時）ごろ、近くの〝六天様《ろくてん》〟裏の茶店に寄るという。

もし今日、都合がつかなければ、明日の同じ時間にも寄るから、どちらかの日に会えたら有難いと。

「ああ、六天様裏のあの茶店ね」

六天様とは柳橋にある古い神社で、篠屋からはほんの一歩《ひと》きだ。

以前、その裏の茶店で閻魔堂と会ったことがある。六天様でたまに観相を頼まれることがあり、その帰りに寄るのだと聞いた。

「ええ、分かりました。今日の七つに、伺います」

「はい、今日の七つですね。さっそくそのように伝えます。では、自分はここで失礼します……」

と須藤はペコリと頭を下げ、書生袴の裾を翻して、そそくさと路地に消えていく。

それを見送りながら、胸の底が微かに熱くなった。そう、閻魔堂にはこちらにも、訊きたいことがある。

二

早めに用事が済んだのは、有難かった。

思ったほど、相手は怒っていなかったし、いつもは吝《けち》なお簾が、今回は見舞金を弾んだようだ。

すっかり肩の荷を下ろして、六天様に向かった。

このお天気というのに、参拝客は少ないのか、裏の茶店には客の姿は見当たらない。

だが薄暗く静かな奥を透かし見ると、入れ込みの奥の衝立《ついたて》の陰に、こちらに背を向けて閻魔堂は座っていた。

「あら?」

その姿をまじまじと見つめ、綾は目を丸くした。

「易者さんを辞めたんですか？」

その姿は、いつも見慣れた易者ふうではなかった。

宗匠帽は被っていないし、顎髭は剃っている。

髪は総髪にして一つにまとめ、筒袖上着と裁着袴の上には、紺木綿の袖のある羽織を羽織って、刀をそばに置いている。

これでは普通のお侍の姿だ。

「やあ、綾さん、よう来てくれた」

と閻魔堂は錆《さ》びた声で言い、照れたような笑いを浮かべた。

「まあ、お座り。わしはちと呑んでるが、綾さんも呑むか」

その色黒な顔、ひしゃげた笑いは、いつもの閻魔堂である。

「まさか！　これから篠屋の台所ですよ。ゆっくりも出来ないんだけど、早くお会いしたくて、万象繰り上げて来たんです」

「ははは、嬉しいね。じゃお茶と汁粉を奢《おご》ろう」

と閻魔堂は勝手に決め、暖簾のあたりで伺っている老女に、姐さん……と呼びかけた。

「こちらにお茶と汁粉、わしに茶碗酒をもう一杯。……まずは、綾さんも変わりなくて何よりだ。このところ世間は騒がしいが、篠屋は最近どう？」

と酒で口を湿し、綾の顔を覗き込む。

「暇ですよ。このままじゃ篠屋もどうなることやら」

「そうだろうそうだろう。いま景気いいのは、武器商人と両替商くらいだからな。ただ篠屋には、まだしばらく頑張ってもらいたいね。今は辛抱してもらわにゃ……。そうそう、忘れないうちに先に頼んでおこう。今夜、舟を按配して欲しいんだが」

「あら、毎度どうも。今夜ですね、船頭は……」

「磯次は大丈夫かな。今夜九つ（零時）と、ちと遅いんだが」

と深夜の航行を案じる気配だ。

「ええ、磯さんなら大丈夫です。で、行き先は？」

「行き先か、ふむ、ここだけの話だが、芝の辺りだ。なに、大丈夫、地獄まで行ってくれってんじゃない。もちろん深夜のことだし、割り増しは弾むぞ」

「磯さん、喜びますよ。最近、深夜のお客は少ないから……。お返事は、どこへ届けたらいいでしょう？」

「ああ、いや、返事の必要はない。その時刻に、おたくの船着場にわしが行く。磯次の舟が待っておれば乗る……」

「別の船頭だったら？」

「篠屋の船頭はみな優秀だがな。この治安の悪い時期、夜の川はまだ任せられん。磯次に頼みたい。そうでなければ、話はナシということでよろしいか」

「はい、承りました」

あまりはっきりした約束はしないのが、閻魔堂の方式である。安心したように閻魔堂は、煙管に莨を詰め始めた。

そこへ、盆に載せてお茶と汁粉が運ばれてくる。

「それで閻魔堂さん……」

と汁粉を少し啜り、お茶を一口飲んでから、先ほどから気になっていることを問うた。

「易者はお辞めになったんですか？」

「ああ、綾さん、易者なんてもんは、身に備わったもんだからな。辞めたいから辞めるてえもんじゃねえんだ」

と閻魔堂は、ギョロリとした目で綾を見た。

「たしかに今は、観相は休んでおるがな。わしの千里眼は休んではおらん。世の中は運否天賦《うんぷてんぷ》だ、こうして今、あんたを見ておるとな、うん……何か悩みごとが見えてくる」

「えっ」

「あんたは、ある男の消息を知りたがっておるな。それは……うむ、ズバリ言おう。益満《ますみつ》休之助《きゅうのすけ》だな」

「…………」

ぎょっとなって、汁粉に入っていた餅を詰まらせそうになった。閻魔堂は驚いて身を乗り出し、背中をトントンと叩いてくれた。

「ははは、どうやら図星のようだな」

「まあ、閻魔堂さんたら！」

頬が赤らんだ。

また話をはぐらかされ、うまうまと騙されてしまった。今さら言うわけではないが、閻魔堂は、本当に食えない男である。

たしかに綾は、益満休之助の消息を知りたかったのだ。

もちろん益満と、何か深い関係あったわけでもない。

半年ほど前の、紫陽花《あじさい》が美しく咲き乱れる季節、蔵前で〝居合抜き〟の見世物に見とれていて、掏摸《すり》に財布を擦られたことがある。

それを近くで見ていた若い侍が、掏摸の腕をひねり上げ、奪い返してくれたのだ。地黒の、目立たない顔立ちだったが、笑うと白い歯が覗いて、爽やかだった。

綾は、緑の風が身内を吹き過ぎたように感じたものだ。

前にその侍を、閻魔堂が篠屋に連れて来たことがあった。まるで紫陽花のように〝幾つもの色を持つお方〟、と思った時から、気になる存在になったのである。

閻魔堂は、両者の反応を知る立場にあったから、益満からも綾のことを聞いて、それとなく察していたに違いない。

こういう巧みなハッタリの才が、この人を、易者として成り立たせているのだと思った。

「ああ、益満は、江戸を我がもの顔に駆け回っておるようだ。だがもうすぐ京に戻るだろう」

「…………」

「うむ、ここに卦《け》が出ておるぞ」

と額を叩いて閻魔堂は続けた。

「益満は男前というわけじゃないが、なかなか出来る男だ。ただ、言ってみりゃァ風雲児だ。世の婦女にとっちゃ、風雲児ほど厄介なものはない。仮に何とか所帯を持っところで、女房を幸せに出来るような男じゃねえ……とね」

「その婦女って誰のことですか。私はそんなこと訊いてないし、訊きたくもないです」

と綾はむっとしたような顔で、音を立てて冷めたお茶を啜った。

「世間が騒がしいから、ちょっと気になっただけです」

「ははは……怒らしちゃったかな。悪い悪い。だがな、さすがの閻魔堂といえども、今はそれ以上の卦は出せん」

遠慮のないハッタリ屋の閻魔堂でも、言えることと言えないことがある、と匂わせたように綾は理解した。

「あいつはまだ二十五、六の若さで、こんなご時世が面白くて仕方ないようだ。だがそのうち世の中が落ち着いてきたら、あいつも変わるだろう。その時は、また卦を見させてもらいたい……」

言うだけ言って口を噤んだ。辺りには夕闇が漂い、閻魔堂の姿はそれに没していくようだ。

綾は帰り時間が気になった。

「お話はよくわかりました。よく胸に刻んでおくとして、私はそろそろ……」

「ああ、待て、話はこれからだ」

と相手は続ける。

「もう会えんかもしれんでのう」

「え？」

「実は、わしも近いうち江戸を離れるんでな、その前にあんたと話しておきたかったんだ」

「まあ、薩摩に帰られるんですか？」

綾は、思わず言った。

「まずは京に向かうだろうが、それから先は分からん」

一瞬しんみりと声を落としたが、風向きが変わったように、急に声の調子を変えた。

「ま、こんなご時世だから、いつ何が起こるやら分かったもんじゃない。だから……」

そこへ、失礼します……とあの老女がやって来て、小上がりの隅にある行燈に火をいれた。

「……だから？」

老女が立ち去るのを待って、綾が問うた。

三

「だから、綾さん、二、三訊きたいことがあるんで、答えてほしい。まずあんたの生家の姓を訊いてもいいかね？」

とおもむろに言った。

「いや、あんたの親ごさんの姓が、大石《おおいし》というかどうか知りたい」

「えっ……どういうことですか？」

凍りついたような顔になると、閻魔堂は笑って頷いた。

「やっぱり大石なんだね。すなわち父上は大石直兵衛《なおべえ》、兄上は大石幸太郎《こうたろう》と……」

「どうして急にそんな。何があったんですか？」

驚きのあまり、綾は身体を硬くした。

この十数年の間、ほとんど口にしたこともない名前である。

「ふむ、今日は会って良かった」

閻魔堂は酒を一口啜って、満足げに言った。

「お二人の……というより兄上の方かな。大石幸太郎殿の消息を知る人が、見つかったんだ」

「ええっ、兄の消息を……？」

「少し前だが、ある人物と、久しぶりに会う機会があってな。いや、実は呼ばれたんだよ。お屋敷に呼びつけられたというのが、本当のところだ。少々偉い方なんで、早々に退散しようとしたら、酒が出されちまってな」

久しぶりに酒に酔い、四方山《よもやま》話をするうち、思いがけずそのお方の口からその名前が出た。

「ま、短く端折《はしょ》っていえば、あることで世話になったというんだな。改めて礼をしたいと連絡を取ったところ、現在の消息が分からんと……。それでわしが頼まれたわけだよ」

「…………」

「わしはその〝大石幸太郎〟の話を聞いて、あんたを思い出した」

「…………」

綾はすでに思い出しており、黙って頷いていた。

「そうでした、あのお雛様ですね」

お使いの途中、室町十軒店の人形店で、薩摩雛を見つけた時のことである。それはその昔、父の往診で付いて行ったある富商の屋敷で見た、大きな薩摩雛とそっくり……いや、そのものだったのだ。

それは、屋敷に住む櫻子《さくらこ》という美しい娘の雛だった。

その雛祭りの日、綾が櫻子に招かれて雛を楽しんでいる時、突然、庭に兄の幸太郎が現れたのである。

「綾、すぐ家に戻るんだ、早く早く！」

叫ぶ兄の悲痛な声が、まだ耳に残っている。春の陽を浴びながら真っ青だった兄の顔が、瞼に焼き付いている。

その直後に父と兄は綾の前から姿を消し、それきり会っていない。

十軒店で見かけた雛はその後、誰かに買われて店頭から消えた。

店の主人に訊いたが、雛が誰の手に渡ったか分からなかった

もしかして元の所有者の櫻子ではなかったか。そう思った綾は、その買い手を調べたくて、閻魔堂に相談したのである。

その時、生き別れた父と兄の話を打ち明けた――。

「少し調べてから、あんたに話すつもりだったんだが」

と閻魔堂は残念そうに言った。

「ここへきてあれこれ多事多難でね、調べに手もつけんうちに、江戸を去らねばならん。何も出来なかったが、これだけは伝えよう。幸太郎殿は、生きておる」

「…………」

すぐには綾は、言葉が出なかった。二人は生きていないと思っていたのだ。訊きたいことが、一斉に喉元に押し寄せてくる。

(どこに?)

(その偉いお方ってどなた?)

(そのお方は、父のことも知っていなさるんですか?)

「そのお方は……」

と胸ときめかせて言いかけて、綾は口を噤んだ。

閻魔堂は殺気に満ちた顔で、目を浮かし、口に指を当てた。ハッと耳を澄ますと、外に足音が聞こえる。

遠くから、複数の足音が乱れつつ、近づいていた。

閻魔堂はやおら腰を浮かし、綾の手をギュッと握った。

「綾さん、よく覚えておけ、そのお方の名は……」

戸の外で足音が止まった。

「いいかね、そのお方は、天璋院様だ」

「え、てんしょういん……？」

聞き間違いか、言い間違いかと思った。

「世間が落ち着いたら、わしの名を言って、訪ねて行きなさい」

言いつつ刀を手にして土間に飛び降り、雪駄を懐に押し込んで、裏口の方へ走り去ったのである。

表玄関の戸がガラリと開いて、三人の武士が入って来たのは、その直後だった。

「おい、ばあさん、今ここに客がおったな、どこへ逃げた？」

ずかずかと入って来た一人が、きょろきょろ見回しながら叫んだ。

奥にいた老女は引きずり出され、震えながら首を振っている。

武士は、小上がりに綾がいるのを見つけ、その前に置かれた酒の膳を見て、仲間を振り返って怒鳴った。

「逃げられたぞ、追え、追え！」

そして自分は草鞋《わらじ》のまま、畳の上に飛び上がってくると、膳を足で蹴り上げ、ギラリと抜いた抜き身を、綾の首元に突きつけた。

「ここにいた男は何者だ、どこへ逃げた？」

「………」

「男はどこだ、答えろ！　正直に言わんと首が飛ぶぞ！」

「し、知りません……」

刃はヒヤリと冷たく食い込んでくる。

目の下の首に押し当てられ、痛いほどに食い込んでくる。横に寝たこの刃が縦になったら、自分の首は飛ぶ。

だが、不思議に怖くなかった。あまりにいろいろなことを聞いたせいだろうか。

「知らねえと？　知らねえ男と酒を飲んでたと？　おまえ売女《ばいた》か！」

油汗が額に滲むのがわかったが、武士の口から浴びせかけられる汚い言葉は、自分を傷つけずに掠めていく。

「おまえは何者だ、男と何を喋った？」

「あの方は易者さんだから、易の話を……」

武士は、膝のあたりを思い切り蹴った。

「薩摩賊徒の片割れと知っての密談だろう？　やつが浪人どもを集めていたんだろうが」

「…………」

息が苦しかったが、首を動かせない。綾はそっと目を浮かした。

暗い天井に映る灯籠の灯りと影が、ゆっくり回っているのが見えた。

（あら、影燈籠だわ）

と初めて気がついた。

先ほど老女が火を入れに来た時、よほど閻魔堂の話に夢中になっていたのだろう。少しも灯籠の灯りなどが見なかったのだ。

「ええい、このあま」

武士は忌々《いまいま》しげに綾の腰をもう一度蹴り、汁粉の膳を蹴飛ばして、走り去った。綾は痛みで立ち上がれなかったが、視線を巡らすと、目の前に燈籠が回っていた。

「なんて綺麗……」

懐かしかった。昔はよく見たものなのだ。無心に踊りながら目の前を回っていく人影を、倒れ伏したまましばし見入った。

四

綾は翌朝、七つ半（五時）に床《とこ》を離れた。

ほとんど眠れなかったが、疲れで明け方うとうとしたようだ。蹴られた足腰が痛かったが、このことは誰にも言っていない。

すぐに帳場の前まで行き、廊下の隠し戸にある〝船頭日誌〟を手に取った。昨夜、閻魔堂の依頼を磯次に伝え、了解を得ている。

閻魔堂は、約束の時間には少し遅れたが、無事に現れたようだ。

その時間、綾はすでに床に入っていた。眠れないままに、川を下っていく磯次の櫓の音を聞いていたのである。おそらく芝の増上寺の向こうまで、つまり薩摩屋敷に帰るのだろうと想像した。

だが日誌を見る限り、磯次の報告は何も書かれていない。

ということは、まだ帰っていないということ？　念のため当直の甚八に訊いてみると、磯次が帰った気配はないという。

若い船頭と違って、報告を疎かにしたり、後回しにする人物ではないから、おそらくまだ帰っていないのだろう。

そのうち勝手口に、棒手振りが入れ替わりやって来た。

「え、なんだって……芝の方が燃えてるって？」

魚屋と言葉をかわしていたお孝が、急に声を上げた。

「何かあったらしいって、何があったの？」

「いや、大かた火付けでさ、薩摩の例の狼藉ですよ」

首を傾《かし》げて魚屋が言った。

「燃えてるってどこが？　薩摩屋敷？」

綾が聞き咎めて問うと、魚屋はあやふやになった。

「いや、それはどうだか。薩摩がやったか、やられたか……それは分からん。わしは日本橋から来たんだがな、市場に船で来た漁師らが、しきりにそんな噂をしてたんでさ」

綾は外に出てみた。

よく晴れて風もないが、息が白くなる寒さだった。

柳橋まで歩いて中央に立ってみた。半鐘の音は聞こえないが、すでに明けている南西の空が、朝焼けのように赤らんで見える。

その足で、すぐ近くの磯次の住まいまで行ってみた。だがいつも通り鍵も掛かっておらず、主人も帰っていない様子である。

六つ半（七時）に朝食をすませた綾は、肩掛けを羽織って、出かける支度をした。

「おや、お出かけかい」

お孝にそう訊かれ、

「ちょっと様子を見て来るから……」

と言い置いて勝手口に向かう。まだお簾も起きて来ず、千吉も薪三郎も船頭らも、朝飯に現れない時間である。

「見て来るって、綾さん、どこまで行く気なの？」

「磯さんが夜中に芝の方まで行って、まだ帰ってないの。そこの番所まで行って、町の様子を聞いてみます」

そう言って出たのだが、番所などに行きはしない。


（行かなくちゃ……）

と強く思った。

薩摩屋敷まで行って閻魔堂を捕まえ、〝てんしょういん〟様とは誰なのか、もしかしてあの天璋院様かどうか、確かめなければならない。

一体どんな理由でそんなお方と、兄幸太郎が出会ったのか。

閻魔堂が江戸を去る前にもう一度会って、そのことを確かめなくちゃいけない。そのようなお方に、自分のような者が面会出来るかどうか、それもちゃんと聞かなくちゃ……。

薩摩藩邸までどう行けばいいか、はっきり道筋は分からなかった。まして、近道なども知らない。

だが薩摩屋敷といえば、芝増上寺の先で、品川宿の手前と聞く。

増上寺の先に川が流れており、この古川を渡ればその先にあると。

従って途中までは、品川を目指して行けばいいのだ。品川は、東海道最初の宿場町だから、日本橋から向かえば間違えようがない。

そう考えての遠出である。

柳橋から米沢町《よねざわちょう》を抜け、大伝馬町を南に下って日本橋までは、いつものお使いでよく歩く道。間違えもせずに早足で歩いたから、寒いどころか、じっとりと汗ばんだ。

もう五つ（八時）は回っているだろう。朝とはいえ通行人の途切れぬ日本橋を渡れば、右側に高札場《こうさつば》がある。

そこから南へと日本橋通りが伸び、品川へと続いている。

この大通りを進むころから、半鐘の音が聞こえ始めた。胸が高鳴り、急ぎ足で京橋に着いたら、火消しが二、三人、駆けて行くのを見た。

(やっぱり火事だ!)

なるほど、あの棒手振りの言う通りだった。町の人がのんびりして見えるのは、風がないからだろう。

(でも、火事なんてよくあること)

と思いつつ、京橋《きょうばし》を渡ると、町の様子が変わってきた。

橋の先は新両替町《しんりょうがえちょう》、さらに銀座町《ぎんざちょう》一丁目、二丁目、三丁目……と通りは続いて行く。

そこを走っている人々が何人もいた。

南の空が、煙のせいで曇って見える。

銀座町から新橋へと急いで進むと、箱詰めの荷物を抱えて往来を走る人が増え、土蔵の目塗《めぬ》りをする人がいた。

「火事はどこですか?」

と通行人に訊くと、

「芝だ、近づかん方がいい」

と答えて走り去っていく。

梯子《はしご》や纏や鳶口《とびぐち》をそこらに立てかけ、屯《たむろ》している町火消しの一団が何組もいた。山の手から駆けつけてきた助っ人だろう。

火消しが、火掛かりも出来ないほど先が混んでいるのかと、心細くなってキョロキョロしていると、

「綾さん、何処《どちら》へ？」

と鋭く声をかけられた。

振り返って見ると、よく知っている柳橋の火消し頭《がしら》の金太郎《きんたろう》ではないか。顔見知りに出会って驚きつつも嬉しかった。

「まあ、ご苦労様です」

と声が弾んだ。

「この先に用があるんだけど、火事はどうなってますか？」

「ああ、薩摩屋敷の周囲はほぼ、焼けたみてえだよ。芝の西応寺町《さいおうじちょう》から金杉《かなすぎ》四丁目……、材木町本芝《ざいもくちょうほんしば》から田町《たまち》まで……、ああ、薩摩屋敷も燃えた。今は南品川あたりが燃えてるかな」

と一気に言い、興奮した声で付け足した。

「いや、飛び火なんてもんじゃねえぞ。あの薩摩のお抱え浪士どもが、逃げながら、手当たり次第に火をつけまくってるんだ」

「まあ」

肝が潰れ、足が震えた。

「それで大火事になったんですか」

「火事じゃねえ、戦《いくさ》だよ！　薩摩屋敷の焼討ちだ！」

「ええっ、戦……？」

（いよいよ始まったのか）

綾は絶句して、金太郎の凜々しい顔を見返した。

ここのところ様々な風説が、篠屋の客の口から伝えられていた。

その中で、盗賊まがいの悪行を繰り返す薩藩を、幕府方が厳しく制裁するらしい

……という噂が当たったわけだ。

「一昨日の、二の丸の仕返しだよ」

と金太郎は勇んだ声で言った。

「じゃ、まだ戦が続いているわけ？」

「いや、戦はとうに終わって、庄内《しょうない》藩の酒井《さかい》様が勝ちなすった。薩摩の負けよ！」

戦闘開始は今朝の七つ半（五時）ごろで、五つ（八時）には決着がついたらしい。脱出した者の多くは、品川沖にいた藩船翔凰丸《しょうおうまる》に救出され、逃走中だと。今は幕府の軍船が追跡しているという。

（閻魔堂はどうしただろう）

と反射的に思った。

磯次に送られて、薩摩屋敷に帰ったのかどうか。益満休之助は屋敷にいたのかどうか……。

不安げに呆然と南方の空を見上げる綾に、金太郎は言った。

「綾さん、ここから先は無理だ」

「…………」

「この先の御成門《おなりもん》の辺りにゃ、大勢詰めていて、誰も通さねえよ。さっき見て来たんだが、無理に通ろうとしたやつが捕まった。どうも剣呑《けんのん》だから、ここで引き返したほうがいい」

五

金太郎には礼を述べて、ひとまず引き返した。

だが次の角まで戻ったものの、そこを曲がってから、また別の道を増上寺方向へと歩き出す。

ここまで来て、帰るわけにはいかない。一歩でも近づくことが、遥か彼方の兄に近づくような気さえした
御成門は、増上寺の裏門だ。増上寺は徳川の菩提寺だから、薩摩邸からの飛び火や、逃げる藩士浪士の放火で、焼失するのを恐れているだろう。

遠回りでも、増上寺を迂回すれば何とかなるのでは、と思う。

通りには人馬がせわしなく往来し、野次馬がぞろぞろ動き回っていた。町人たちの間に飛び交う会話の断片が、騒がしく耳に飛び込んでくる。

「いやはや、たまげた。こんな街中《げ》で、大砲をぶち込むたあね」

「あの音にゃ腹わたがでんぐり返ェったよ」

「横新町《よこしんちょう》の提灯屋だが、どうせ見るならてんで二階に上がって、流れ弾に当たって

おっ死《ち》んだと……」

　大砲を使ったと聞いて、胸が震えた。

　沿道から耳に入った情報や、後で聞いた話を総合すると――。

　今日の未明、幕軍が寝込みを襲うべく、薩摩屋敷を密密と取り囲んだという。庄内藩、上山藩《かみのやまはん》、鯖江藩《さばえはん》、幕府歩兵隊などの、およそ千名だった。

　薩摩賊徒の一網打尽を決断したのは、将軍の留守を預かる老中稲葉正邦《いなばまさくに》。勘定奉行小栗上野介《おぐりこうずけのすけ》を中心とする陸海首脳の強硬派が、積極的に動いたらしい。

　幕府にはこの時、軍事顧問のフランス士官ブリュネーに、市街戦の戦術について指導を仰いだという。ブリュネーは、この日の戦闘にも加わっていた。

　まずは交渉役の庄内藩士が屋敷に乗り込み、留守居役を呼んだ。

「最近、市中を騒がす賊徒は、貴藩のお抱え浪士と見た。即刻、全員を引き渡し願いたい」

　と要求し、拒否されて戦闘が始まった。

　邸内にいた藩士・浪士・浮浪《ふろう》の徒は、合わせて二百名前後。

　庄内藩の砲門が火を噴いて、邸内の火薬庫に命中し、轟音を轟かせて爆発。それを合図に、西門を除く三方向から幕兵が乱入し、広い庭で白兵戦《はくへいせん》となった。

だが留守居役が血祭りに上げられると、総崩れとなって海側に逃げた。

あらかじめ幕府方が西側に脱出口を開けてあったという。窮鼠《きゅうそ》猫《ねこ》を噛《か》むような抵抗を避けたかったのだろう。目標は、本拠地を潰すことだ。

藩邸近くの沖合には、藩船の翔凰丸が待機していた。

多くの者が小船でそこまで漕ぎ寄せた。だが船は、幕府の軍艦三隻の狙撃を受けて焦っていた。乗船できたのは幹部や藩士に限られたらしい。

船は、それ以上の救助を見切って逃走した。

追撃をも振りきり、大坂の西郷《さいごう》参謀の元へと逃げおおせた。

薩摩方で討死にしたのは六十四名、二十八人が藩船で逃亡、逃げ場を失った百十二名が捕縛されたという。

幕府方の死者は十一人だった。

だが流れ弾に当たって死んだ町人も、相当数いたようだ。

綾は、何度か警護の者に誰何《すいか》されたり、押し止められたりした。

だがそのたびに戻るふりをしつつ、何とか先に進んだ。

煙の匂いが立ち込めて息苦しく、懐に入れて来た手拭いを口に巻いた。そのうちまた人が大勢屯し、騒いでいる場所に出た。

煙たなびく中に朧《おぼろ》に見える華麗な御門は、増上寺の大門だろう。

綾は、大勢の人々が集まっている方へ、行ってみる。

そこは増上寺の横の広っぱだった。祭りの時などに市や縁日が立つが、普段は日除地として雑草が生い茂り、子どもの遊び場になっている。

その向こうを古川《ふるかわ》が、麻布《あざぶ》方面から流れ下る。

その広場を群衆が取り囲み、口々に叫んでいた。石をぶつける者もいた。逃げそこなって捕らわれた、三田浪士隊の面々らしい。

「死にやがれ！　この薩摩のガンタレどもが」

「生きて江戸を出ようと思うな、べらぼうめ！」

「生首を、ここに晒せ！」

「小塚《こづか》ッ原《ぱら》じゃ遠すぎらあ」

罵り騒ぐ人々の隙間から、奥を覗き見た。

その広場には、浪士や浮浪人に見える男どもが数珠《じゅず》繋ぎになって、ぎっしりと地べたに座らされていた。

その数、百余人か。

一目見て、その形相風体の凄さに綾はたじろいだ。

多くは袴をつけ襷掛けだが、いかにも寝込みを襲われたらしい寝間着姿もあった。ほぼ全員が水に濡れてビショビショ……。

髷は元どりが切れてザンバラで、顔は煤《すす》けて泥を塗りたくったように真っ黒。そんな顔の中で、ぎらつく目だけが血走って赤い。皆、歯を食いしばっている。

おそらく刀を振りかざし戦いながら屋敷を脱出し、小舟に分乗して、沖合いを目指しただろう。

だが藩船に助けられた者は、ほとんだが幹部や藩士だったと噂で知っている。逃げ遅れた者や、お雇い浪士らは置き去りにされ、海上を逃げ回るうち捕縛されたのに違いない。

これが薩摩に雇われ、御用盗として江戸を荒らし回った者どもの末路なのか。閻魔堂や益満は、どうなっただろう。

逃げ遅れて、この中にいるかもしれない。

そう思った時、頭に血が上った。昨夜寝ていないせいもあって、理性より思いが先立った。

「すみません、すみません、ちょっと通して」

綾は頭を下げながら、夢中で人混みを掻き分け、前へ進んだ。ようやく先頭に出たと思うと、そこに並ぶ幕兵に押し戻された。

「これ以上近づくな！」

「顔を確かめさせてください！　知り合いがあの中に……」

「駄目駄目、吟味は後だ、下がれ！」

幕兵は恫喝《どうかつ》し、小競り合いになった。

何だよ、情人《いろ》でもいるんかい、の野次馬の声。

「下がらねえとつまみ出すぞ」

綾は、なぜそうまでして抗《あらが》ったのか、我ながら分からない。ただ囚われた男たちが、その中にいるかもしれぬ二人が、哀れだったのだ。

遠くで見ていた捕吏《ほり》がつかつかと近づいて来て、つまみ出そうと綾の胸ぐらを摑んだ。

だがその時背後から、綾の肩から首に腕を回す者がいた。

そのままグイと後ろに引っ張られ、力ずくで引きずられるようにして、綾は群衆の中から出たのである。

片手で急いではだけた胸元を合わせ、片手で崩れた髷を直しながら、男を見やった。

磯次だった。

六

「さっき、この先で、火消しの金さんと会ったんだよ」

と磯次は、綾の腕を取ってその場を離れながら言った。

「金さんの話じゃ、綾さんは引き返したと聞いたが、ここらじゃねえかと思ってね」

「…………」

綾はお礼言葉が出ずに、しきりと襟元を直す。余計なところを見られたような気がして、腹立たしかったのだ。

「たぶん閻魔堂は、あそこにはいねえよ。藩船で逃げたはずだ」

と言い、昨夜のことを手短に語った。


「古川の河口あたりまで頼む……」

と舟に乗る時、閻魔堂は言った。

これまでも何度か、その辺りまで乗せたことがある。

閻魔堂がどこに行くかとうに分かっていたが、磯次は余計なことは言わない人間だ。

ただこの未明、岸辺に沿って大川を下っていくうち、浜御殿《はまごてん》を過ぎた辺りから、奇妙なことに気づいた。

真っ暗な寝静まった町の中を、灯りが移動していた。ごく抑えめの小さな灯りが、一定の速さで動いていく。

それは一筋ではなく、あちらからもこちらからもやって来る。

灯りの背後で、もくもくと闇が動いていた。何かが……たぶん兵が、芝の方角に向かって動いている。

「ちょっと、あれを見てみなせえ」

磯次は急いで、閻魔堂にそれを知らせた。

閻魔堂はしばらくじっと闇を透かし見ていて、全てを悟ったようだ。

もう八つ半（三時）を大きく回っていた。

「始まるな」

と閻魔堂は呟き、太い声で低く言った。

「行き先を変えてくれ、〝蔵屋敷《くらやしき》〟だ」

目指す薩摩上屋敷は、すでに監視されていると感づいたのだろう。

〝蔵屋敷〟は田町の先の浜に突き出ており、船から荷を直接運び入れる、薩摩の命綱の屋敷である。その荷には食料ばかりか、武器も含まれているだろう。

「磯さん、帰りがもし剣呑なら、陸路で帰るかい？　もしこの舟を置いて行くなら、金を払ってもいいぞ」

と閻魔堂は冗談交じりに案じてくれた。

舟を買うとまで言ったのは、これから起こる騒動で、すぐ近くの上屋敷に寝起きする連中が飛び出して来て、一斉に海上に逃げるのを予想したのだろう。

だが磯次は閻魔堂を蔵屋敷で下ろし、すぐ海路についた。

しかし海上から未明の町を見るうち、これから起こるらしい戦を、この目で見物していこうと思い立った。

舟隠しに適当な場所を探したが、結局いつもの切り通しの下に舟を繋いだ。夏なら、生い茂る雑草や蔓草《つるくさ》に覆われ、すっかり隠せるのだが。

そこから徒歩で三田に戻りかけた時、大砲の轟音を聞いた。

「……てェわけで、薩摩屋敷には行かなかったと思う。蔵屋敷で逃げてくる連中を迎え、沖に送り出しただろう。そのうち蔵屋敷に火がついたかどうか、いずれ舟で海に逃げたろうよ」

「…………」

綾は今は素直に頷いた。

一瞬とはいえ、逆上した自分を磯次に見られたことが、まだ恥ずかしかった。どうかしていたのだ。

閻魔堂だって益満様だって、れっきとした藩士だもの、藩船に乗れたに決まってる。

(何も心配することなんてないんだ)

だが無言で歩き続ける。

いつしか煙の漂う町は抜け、隣町に入っていた。ここにも半鐘は響き、煙の匂いはしていたが、どこ吹く風と町は歳末大売り出しの狂騒だ。

そこここに年の市が出て、買い出し客が溢れていた。

朝、柳橋でも見たように、ここでも青空には武者絵の凧が泳ぎ、絵双紙屋には、贔《ひい》屓《き》の役者の似顔絵を見ようと人が群がっていた。

横丁には獅子舞の太鼓の音が響き、羽根つきの音や、娘たちの笑声が聞こえてくる。

どこかでドーンと花火が上がる音がした。戦勝を祝うものだか、ただの景気づけかは分からない。

辻の向こうを、熱狂的に踊り狂う集団が通り過ぎていく。ええじゃないか、ええじゃないか……。

「あ、おれの舟で帰るんだよね」

思い出したように磯次が訊いた。

「ええ、お願いします」

綾は静かに言った。

(ありがとう、磯さん)

と胸の内で呟いた。慶応三年もあと六日だが、結局お礼の言葉は言わずじまいになるだろうと思った。

時代小説

二見時代小説文庫

影燈籠《かげどうろう》　柳橋《やなぎばし》ものがたり5

著者　森《もり》　真沙子《まさこ》

発行所　株式会社　二見書房
東京都千代田区神田三崎町二-一八-一一
電話　〇三-三五一五-二三一一［営業］
　　　〇三-三五一五-二三一三［編集］
振替　〇〇一七〇-四-二六三九

印刷　株式会社　堀内印刷所
製本　株式会社　村上製本所

落丁・乱丁本はお取り替えいたします。
定価は、カバーに表示してあります。

ISBN978-4-576-20113-9
https://www.futami.co.jp/